KB268162

하지감자 날선 빛깔

황송문 지음

새미

· 머리말 ·

　이제는 인생이라는 바둑을 거의 다 둔 것 같다. 이제는 아이들이 아들
딸 낳고 잘 사는 것을 보는 재미로 족하다. 그 꼬물꼬물한 손자들 보는
재미 이상 바랄 게 없다.

　이제는 집 나기를 해야 할 때라고 여기고 버리는 연습을 해왔는데, 생
명이 연장되고 보니 조금만 빈 터가 보여도 뭘 심으려고 하니 우습다. 시
농사詩農事를 두고 하는 말이다.

　그동안 몸담았던 대학에서 정년퇴직을 할 때 책을 버렸고, 5년간 명예
교수로 출강하면서 병행해온 문화센터 강의도 접었다.

　이제는 마지막 원고를 정리하여 책을 내는 일을 보람으로 여기며 최선
을 다하고 있다. 이번에 펴내는 시집 『하지감자 날선 빛깔』은 순수와 참여
가 함께 있어서 애착이 간다. 특히 나의 시낭송과 노래가 담긴 음반이 자
리를 함께 하여 영상미학으로도 독자를 즐겁게 할 것 같아 더욱 흐뭇하다.

　물질주의 배금주의 상업주의로 정서가 메말라서 사회 분위기가 어수

선한 이 정신춘궁기에 이 책이 다소나마 청량제가 되어주었으면 좋겠다.
이 탄생의 축배를 동고동락해온 문우들과 함께 나누고자 한다.
　출판이 어려운 때 기꺼이 상재해 주신 국학자료원의 정찬용 원장님과
정구형 사장께 심심한 사의를 표한다.

단기 4346년(서기 2013년) 7월 1일

용마산방에서 황송문 적음

차 례

3장 | 시를 읊는 의자

4장 ǀ 그리움이 죽으면

5장 ▎ 자작나무들의 기도

■ 작품해설 / 이경철

1장 | 몽블랑 스피어 잉크

바다 운동회

잔잔할 때는
푸른 유니폼을 입은 여고생들
파도타기 매스게임이 한창이다가

풍랑이 일 때는
하얀 물비늘 일으키는 경마장의 백마들
우렁찬 함성에 소금 이빨 드러내며
집채 같은 파도로 무섭게 질주한다.

도마뱀 떼들 지그재그로
허둥대며 죽었다 깨어나는 바다는
끝없이 관계하는 성애의 물보라
나상의 방파제를 물어뜯으며
죽음으로 사는 법을 일깨운다.

바다는 끝이 없는 자연 도서관
산적한 은유의 책들을 읽겠다고
온몸으로 부딪치는가.
신의 창조를 몸짓하는
무희舞姬들의 나체쇼가 한창이다.

몽블랑 스피어 잉크 1

할아버지는 붓으로 상소문上疏文을 쓰시고

아버지는 연필로 서한문書翰文을 쓰시고

나는 초등학교 때부터

연필로 한글과 한문漢文을 쓰다가

중학교 다닐 때부터는

펜으로 잉크를 찍어서 쓰다가

펌프 만년필과 주부 만년필

조강지처糟糠之妻 같은 만년필을 애지중지하다가

첩실妾室 같은 볼펜과 떨어져 살 수 없게 되었다.

그러나

한 눈 똥그란 볼펜은 나를 노려보다가

생활의 기름이 다 떨어지면

쓰레기통 아무데나 버림을 받았다.

세월은 바야흐로 컴퓨터가 들어와
워드프로세서로 글을 쓰게 되었다.
그러나, 그러나 세상은 아무리 변해도
조강지처를 버릴 수는 없다.

전당포 먼지처럼
해묵은 만년필을 찾아내고
남대문수입물품 상가를 찾았다.
몽블랑 스피어 잉크를 찾았으나
하늘색 잉크가 보이지 않았다.

어두운 세상 같은
검은 잉크를 사서 들고
지하도地下道 층계를 내려가고 있었다.

法

창경궁 문지기는 거인ㅌㅅ이었다.
밥만 축내고, 세금만 축내면서
법을 빼어 닮은 허수아비였다.

하는 일 없이 구경거리로 전락한 그는
서있을 때나 앉아있을 때나
창경원 코끼리보다도 더 눈길을 끌었다.

거인을 아무도 무서워하지 않았다.
허수아비를 무서워하지 않는 것처럼……

걸레바지를 입은 허수아비가
참새들에게는 공갈이 될지 몰라도
까마귀들에게는 두려움의 대상이 아니다.

법을 만드는 선량들이나
법을 주무르는 관료들이나
까마귀들 허수아비 머리끝에 앉아서
파먹은 주둥이로 쑤셔대고 비벼대고
속임을 당한 눈물의 왕,
백성들을 우롱하고 있었다.

하지감자

멍든 빛깔의 하지감자는
엉골댁 욕쟁이 할머니,
쪼그라들면 쪼그라들수록
일본 순사 쏘아보는 눈빛이 산다.

일제에 징용 간 남편은 소식 없고
보쌈에 싸여가서 아들 하나 낳았다가
6.25 전장에 재가 되어 돌아온 후
걸찍한 욕만 살아서 푸른 독을 뿜는다.

멍든 하지감자는
껍질을 까기가 힘이 든다.
사내놈들 보쌈에 싸여 가는 동안
은장도를 가슴에 품은 채 벼르고 벼르던
그 날선 빛깔이 눈물이 되고 욕설이 되어
독을 품은 씨눈에서 은장도가 번득인다.

윤중로 벚꽃

게처럼 횡보橫步만 궁리하는
국회의사당에 눈 흘기는 사람들이
울긋불긋 구름 떼로 몰려와서
꿀벌처럼 닝닝닝 넋을 놓고 바라본다.

청운 꿈, 뭉게뭉게 바라보듯이
3.1만세 함성을 바라보듯이
화사한 꽃구름을 정신없이 바라본다.

그러면서 하는 말이
"죽을 때는 저렇게
아름답게 진다면 월매나 좋으까
저렇게 양광陽光 다 독차지하고
떠날 때는 조용하게 지니 월매나 좋으까."
하고, 아찔한 현기증 가열시킨다.

떠날 때는 화사한 꽃잎 흩뿌리면서
짧고 굵게 살다 가면 월매나 좋으까.

옆으로 실실 기는 게 꼴 볼 것 없이
꿀벌들 넘나드는 순결한 정사,
씨방 남기고 지는 꽃잎들의 세상은
이승 저승 윙윙윙 월매나 좋으까.

돈황敦惶의 미소

햇빛도 들지 않는
밀폐된 막고굴 속에서
천년 먼지 속에 꽃핀 미소를 바라본다.

배시시 웃는 영산홍은 아니고
미소 살짝 스치는 살구꽃 언저리
뭐라 말할 수 없는 침묵의 꽃
세상 번뇌가 먼지를 먹고 거듭난 끝에
바위의 기지개가 미소 꽃을 피웠네.

아무리 어두운 흑암지옥에서도
아무리 숨막히는 무간지옥에서도
빙그레 미소하는 대자대비의 꽃
노을 한 자락 스치는 미소의 극락

접시의 참기름 불
가물가물 스치는 극락 한나절
천 년 전 고승의 꽃노을을 보았네.

삼중문답三重問答

손녀딸이 할머니를 위해서
한글 숙제를 내어드렸었느니라.

위에는 할머니 이름자를 쓰고
그 아래에는 가갸 거겨를 쓴 다음,
가나다라마바사를 써서 칸을 메우도록 하였느니라.

달이 가고 해가 가도
글자는 쓰지만 기억을 못하셨느니라.

외할머니가 오셔서 친할머니에게
아아니, 사돈!
사돈은 왜 송창식 노래를 베껴놓으셨수?

그게 시방 무신 말씀이다요?

그 있잖아요, 가나다라마바사

헤이 으헤으헤으허허, 그거 아니오?

시방 머란다요? 당체 먼말인지 모르것네요.

옆에 있던 손자손녀들이 노래를 흉내 내었다.
가나다라마바사 헤 으헤으헤으허허 하고,

세월이 흘러간 후
손녀가 할머니에게 가나다라마바사 외우셨어요?
하고 묻자,
야가 시방 먼말을 헌다냐?

제가 할머니에게 한글 알려드렸잖아요?
그려 그려, 나에게 까막눈 띄워 줄라고

언문을 일러준 우리 손녀가
참말로 요 세상에서 제일 예쁘당개!!!

자화상 自畵像

눈이 큰 아이가 따라오고 있었다.

돈을 주게 되면
나쁜 버릇이 들어 학교에 가지 않는다고
주지 말라는 말이 생각나서 앞만 보고 걸었다.

그런데, 아이들이 포기하고 돌아간 길을
눈이 큰 아이가 따라오고 있었다.

나는 무심결에 뒤를 돌아보다가
아이의 큰 눈과 마주쳤다.
나의 눈이 소년의 눈 호수에 빠져들고
소년의 눈이 내 가슴에 스며들었다.

양심이라는 가시가
아프지 않게 찌르고 있었다.
호수처럼 맑은 눈 속에
해맑은 마음이 보였다.

금방 눈물방울이 뚝뚝 떨어질 것만 같은
하나님의 슬픈 눈 하늘이 보였다.

山峰에 방주를 짓던 노아의 눈
이삭을 잡아 바치려던 아브라함의 눈
아비에게 심신을 제물로 맡긴 이삭의 눈
십자가에서 내 뜻대로 마옵시고
아버지의 뜻대로 하소서 하던 예수의 눈이
호수 같은 소년의 눈 속에 아른거렸다.

나는 그 소년 하나님에게
미화 1달러를 주고 말았다.

－단기4346년(서기2013) 4월 18일 인도네시아에서－

고추와 망고

한국인과 말레시아 인들은
김치와 망고를 좋아한다.

김치에 들어있는 고추로 인해서
한국인들은 아들을 많이 낳고

망고에 들어있는 당분에 의해서
말레시아 인들은 딸을 많이 낳는다.

푸른 고추도 태양열에 낯붉히면
망고도 햇볕에 다디달게 익어서

너무도 달아, 달달달달 딸딸딸딸
언어 변화를 일으키는 딸부자 나라
망고가 달아서 달달달 딸딸딸
네 아내나 여덟 내자를 둘 수 있는 나라
망고 같은 여가가 풍부한 나라.

해리스호텔에서
아침을 먹는 한국의 고추들
한국산 소주를 마시고
멸치를 고추장에 찍어먹고 있다.

일부일처一夫一妻가 좋다는
대한민국 부인들은
야자수 그늘에서 망고를 먹으며
태양초를 누리고 있다.

고추가 잘생긴
아들아이에게 젖을 물리는……

遊土彼我路

서귀포 바다가 바라보이는
청라언덕에서는
구리 손이 게와 아이들을 그리고 있었다.

전쟁의 상처가 깊어
지치고 춥고 배고픈 이중섭 화가가
구리 손으로 해변 풍경을 그리고 있다.

노는 곳이라는 유토遊土와
너와 내가 만난다는 피아彼我가 합하여
걷기 바람을 불러온 올레길
바닷가 마을 골목길에
예술의 옷을 입혔다.

초라한 골목은
지붕 없는 미술관으로 바뀌고
이중섭이 게를 잡던 해변에서
유토피아를 그려본다.

화목일

－經外聖書에서－

성경에 가라사대
하나님께서 남자와 여자를 지으시고
화요일과 목요일은 일하는 날이니라.
그리고 일요일은 쉬는 날이라고 기록된 바
제사장과 교법사는 월요일에 쉬느니라.

火曜日과 木曜日은
나무가 불을 만나게 되니
春花蜂蝶 陰陽이 和合하여
創世記 1장 28절에 기록된 바
하나님이 복을 주시며 이르시되
생육하고 번성하여 충만하여라.

그 씨앗들이 번식하여
하늘의 별떨기 같이 많고
강변의 모래알같이 번식하기 위하여
남녀 화목이 火木日이 되었느니라.

가랑잎

-김인섭 시인을 보내며-

썰물처럼 철학하는 바람이
벌레에 파 먹힌 고목을 빠져나갈 때
가랑잎은 속절없이 우수수 휘날렸다.

상여의 뒤를 따르는
만장 사이사이 흰 꽃이 날리듯
아른거리는 허공에 허공을 노래하던
짓고 일곱 꿋 얼굴이 아른거린다.

6.25 때 군번은 43613
613으로 짓고 나머지 43은 일곱 꿋
7자라는 머리 숙인 숫자의 표정으로
인생 싹수 일곱 꿋이라 자학하다가
어중간히 엉거주춤 허허허 웃던
낭만주의 소년 시인이 떠나던 날
헝그리 시인들끼리 찾아오기 전
대낮의 빈소는 너무도 쓸쓸하였다.

적진에 들어가
부상병을 들쳐 업고 돌아온 그가
통일을 앞당기자고
북한 노동신문 기자에게
새 손목시계를 빼어주던 그가
실향시인의 출판기념회를
자기 집에서 열어주던 그가
가랑잎으로 휘날리며 가는가.

한없이 하염없이……
적막강산 가랑잎으로 날려 가는가.

쑥 캐기

봄날에
피정의 집 뒷산에서
뻐꾸기들이 음악회를 여는 가운데
나는 수녀님과 함께 봄 쑥을 캔다.

수녀님은 다산의 시를 읊고
나는 단군 할아버지를 설하고

수녀님은 성모 마리아를 설하고
나는 녹두장군을 읊조리고

새야 새야 파랑새야
쑥국 쑥국 쑥쑥꾹–

곰 할머니가 잡수시고 거듭나신
이 산에서 쑥국
저 산에서 쑥국

마늘 밭을 지나면서도

이산 저산 쑥쑥꾹—

봄 쑥이 소쿠리에 소복소복 쌓였다.

겨울 들녘

벼를 거두어들이고
보리를 갈지 않은 논은
아버지의 수염처럼 까칠하다.

권위가 있는 것도 아니고
그렇다고 없다 말할 수도 없고
엉거주춤 견디어내는 아버지는
황량한 들판의 대명사로 산다.

비료 값도 나오지 않는 논을
애지중지 가꾸던 끝에
거머리에 피를 빨리고 떠나가신
우리들의 우렁이 껍질.

허리 굽은 아비는
3D업종도 고마워했는데
사지 멀쩡한 자식 놈은
대기업 아니면 안 들어간다고
펀펀히 자빠져 노는데……

황량하기 그지없는 천수답은
아버지의 자연산 주름살
서울의 책방들도 닮아가는
하나님께 등기한 인감이다.

밥상

선거 때만 되면
밥상은 진수성찬인데,
언제나 썩는 냄새가 난다.

소금과 간장이 없는 밥상에
빠지지 않는 반찬은 부정부패와 불법,
무능과 선심성 복지가 단골이다.

한미자유무역에
제주 해군기지 말 뒤집기
재벌들의 불공정과 탐욕
공짜로 제공하겠다는 수천억 원짜리
복지 신선로에서 썩은 냄새가 난다.

선거 때만 되면
밥상은 진수성찬인데,
언제나 썩는 냄새가 난다.

소년의 눈

-발리 섬에서-

검푸른 바다 물빛 같은
소년의 눈은
두족류頭足類의 발처럼 접착력이 강했다.

소년의 눈과 마주치는 순간
섬광처럼 반짝이는 나의 유년에
그냥 지나칠 수 없었다.

눈은, 사는 일이 힘겨웠어도
애처롭고 불쌍하고
도도하고 씩씩하고
뭐라 말할 수 없는 6.25 때의 나였다.

미군에게서 레이션 박스를 받아
낫으로 찍어 동생들과 빼어먹던
비스킷, 통조림, 캬라멜, 버터, 치즈
씹던 껌은 기둥에 붙였다가 다시 씹던
그 어린 날의 초상肖像에
눈시울이 뜨거워지고 있었다.

가지나물

그렇게 물렁하게 보덜 말어!
그렇게 만만하게 보덜 말더라고, 잉?

물컹한 게
심심한 것 같아도
고추와 마늘과 생강으로
반골 기질이 살아 나닝깨!

푸르르 둥둥한
멍 자국이 있지만
반골 기질이 살아서
목젖이 쌔 하니
눈물이 쏙 빠질 일이라닝깨.

개구리를 조상弔喪함

양심 개구리들이
우물 밑바닥에서 얼어 죽어있다.

日帝 때는 총칼에
갑자기 얼어 죽었는데,
오늘날에도 시나브로 튀겨죽는다.

바른말 똑 부러지게 하다가
찍혀서 죽어나가고
부정부패 폭로하다가
왕따 당해 죽어나갔다.

정신의 보릿고개와
정치의 엄동설한嚴冬雪寒에는
양심이 살아남을 수 없다고 개골개골

까마귀가 백로를 쪼아죽이고
여우가 무덤을 파는 까닭은
썩어빠진 돈을 좋아하기 때문이란다.

일제日帝 때는
가갸거겨 가르치다가
가르르 가르르 걀걀걀걀
퍼질러 울다가 죽은 개구리들이
오늘날엔 비양심 농약農藥에도 죽어나간다.

2 장 ｜ 도마질 소리

도마질 소리

새벽잠에서 깨어날 때
무의식의 늪에서 의식의 호수로
찰랑찰랑 남실남실 깨어날 때
일출日出처럼 환하게 솟아오르면서
다독거리면서 어루만지는
심장소리가 식물성으로 들려요.

아내가 식칼로 무를 써는 소리
당근과 오이를 써는 소리
양파와 풋고추 써는 소리가 들려요.

때로는
마늘을 다지는 소리
생강을 다지는 소리가 들려요.

행주치마가 검어질수록
김치찌개는 얼큰한 맛이 살고
도마에 상처가 나듯
주름살이 깊어질수록
들깨 갈아 부은 토란국은
은은한 조선여인의 손맛이 살아요.

달빛에 취해서

달빛에 취해서
문둥이 처녀를 이끌었다.

풀밭으로 풀밭으로
들꽃이 흐드러진 상여 막으로
바람의 풀잎처럼 어루만졌다.

친구 혼인길 따라갔다가
돌아오는 고갯마루에서
히힛, 웃으며 손짓하는 여인을 만났다.

달빛에 취해서
그녀가 절세의 미인으로 보였다.

황진이보다도
클레오파트라보다도 더 기가 막힌
달빛 속 처녀의 손짓에
뒤쳐져 상여 막에 남실거렸다.

달빛에 취해서
문둥이인 줄도 모르고
삼라만상 그녀 입술은 황홀경
밀물과 썰물이 설왕설래하는 사이
선악과가 해골 물보다도 더 달았다.

독도

얼마나 물려 뜯겨왔기에
뼈만 앙상히 남아 있는가.

倭에게 물리고, 蒙古에게 물리고
隋唐에게 물리고, 鮮卑에게 물리느라
피골皮骨이 상접相接하는가?

그러나
앙상한 뼈만 남았어도
지조 높은 골체미骨體美로
두 다리 굳건히 서서
부릅뜬 눈으로 쏘아보며
극동極東의 동해바다 마지막 보루에서
이 나라 지켜온 파수병
영원히 죽지 않는 수호신守護神이 아닌가.

수없이 물려 뜯겨 왔지만
이제는 물려 뜯기지 않으리.
보무도 당당히 등대처럼 서서
최후의 보루, 영원한 파수병으로 살으리.

가벼움에 대하여 1

캠브리지대 출신 영문학 교수가
향미다방에서 주문을 하고 있었다.

"달걀에 소젖을 주세요."
"에그와 밀크도 몰라요?"

"에그와 밀크?"
"달걀, 소젖이 뭐예요?"

"그럼, 뭐라고 하니?"
"에그와 밀크예요."

"아가씨는 어느 나라 사람이지?"
"그야 한국 사람이지요."

"대한민국 국민이 조선말도 몰라?"
"말이 밥 먹여주나요?"

"말이 밥 먹여 줘?"
"말이 밥이 아니라……"

여종업원이 말의 길을 잃는 동안
봄도 아닌데,
벽시계에서 뻐꾸기가 뻑뻑꾹 울었다.

누에

-시창작론-

집을 짓기 전에
마지막 똥을 싼다.

똥을 싸고 나면
몸은 투명한 사무사思無邪
사특함이 없어지면 언어의 집이 된다.

언어의 집짓기는
명주실의 탄생과 번데기의 소멸
생사生死의 갈림길에서
인상印象만 남기고 간다.

마음의 도장
인상만 남기고 간다.

山行 5

세상에서 씹히기 싫어 산으로 간다.

하나님이 계시다는 교회 가도 씹히고
부처님이 계시다는 절에 가도 씹히고
도덕군자 길러내는 제청 가도 씹히고
씹히다 씹히다가 푸른 청산으로 간다.

청산에 오르면
씹힐 일이 없다.

눌변으로 억지기도 하지 않아도 되고
돈이 없을 땐 헌금을 하지 않아도 된다.

대학교수가 인색하다는 말
듣지 않아도 되고,
정년퇴직했다고 변명하지 않아도 된다.

푸른 하늘과 하얀 구름
숲속의 새소리 물소리 바람소리
환장하게 아름다운 노을빛이
설교나 기도보다도 종교적이다.

십일조 낸 사람 호명하는 소리
감사헌금 낸 사람 호명하는 소리
특별헌금 낸 사람 호명하는 소리
한 쪽 손도 모르게 주라 했는데……
세상 때 묻은 소리 듣기 싫어서
나는 오늘도 산에 오른다.

졸졸졸 흐르는 시냇물소리는
꽃가지에 내리는 가랑비소리는
세상 돈 때가 묻지 않아서 좋고
씹고 씹히는 일이 없어서 좋다.

큰 산은

큰 산은 말이 없다.

하안거夏安居와 동안거冬安居
눈을 감은 채
천리 밖 하늘로 안테나를 길게 빼고
면벽面壁 좌선坐禪하고 있다.

숲속의 참나무에
딱따구리가 구멍을 뚫고
보금자리 치고 살아도,

구렁이가 구멍 속에
똘을 틀고 혓바닥을 날름거려도
산은 일체 말이 없다.

김치 담그기

-시창작론-

배추 잎이 엷고
사근사근해야 맛을 담보할 수 있다.

소금물에 숨을 죽여서
온유하고 겸손해야 양념과 어울릴 수 있다.

깨소금에 양념들
한국산 고추와 생강과 마늘
청각에 멸치젓과 새우젓
어리굴젓과 사과 배까지 어울리면
그게 곰삭아야
아삭아삭 씹을수록 사근거린다.

고난을 참지 못하고
어울리지 못하면
먹는 곰팡이 맛과 멋으로
발효가 되지 않아 군내가 난다.

군내가 나면 우거지로 전락하고
사근거리면 조선김치로 거듭난다.

나의 머리는

나의 머리는
고창 선운사 오솔길
가르마 트인 양쪽으로 단풍나무 두 그루
소나무 숲속에 보기 좋게 서있다.

조상님들 덕분에
아직도 솔숲이 무성하여
10년은 젊게 보이는데
단풍나무 두 그루가 예술적으로 서있다.

내자는
염색을 하라고 성화지만
나는 단풍도 염색을 하느냐고 고집을 부렸다.

세상은
멀쩡한 머리로 속고 속이지만
나는 자연 그대로 살란다.

아서라
단풍나무 두 그루
보기 좋게 서있는데
물들이라는 말 아예 하지 말아라.

세상 어디에
염색하는 단풍나무를 보았느냐?

우렁이 설화

살을 파먹은 아이들이
가벼워진 어미 껍질을 동동 띄워 보낸다.

구름 위로 비행기태우기도 하고
물밑으로 수장시키기도 하면서…….

자기들을
어떻게 키웠는데……

君師父一體라는데,
하늘 높은 줄 모르고
끼리끼리 노닥거리며 손뼉을 쳐댄다.

다방에서도 식당에서도
끼리끼리 만나기만 하면
살을 파먹은 아이들이
가벼워진 어미 껍질을 동동동 띄운다.

설거지

행주로 제상을 훔치듯
철새 떼가 하늘을 닦으며 간다.

하늘을 왜 닦느냐고 물으면
하나님의 뜻이라고 말하겠지.

뜻이란 무슨 뜻이냐고 물으면
창조의 목적이라고 말하겠지.

철새 떼도
똥은 지상에 떨어뜨리면서도
하늘을 푸르게 닦으며 사는데,

만물의 영장이라는 인간들이
무엇하는 짓이냐고 말하겠지.

세상을 어질러놓고도
청소할 줄 모르는 국회,
법을 만든다는 사람들과
법을 다스린다는 사람들과
그것을 감시한다는 사람들이
똥을 싸고도 닦을 줄 모르는 삼권.

철새 떼가 하늘을 닦으면서
한 마리도 실족하는 일이 없는데
인간세상은 급격하게 타락하는 중이라네.

하나님의 설거지는
별똥처럼 쏜살 같이 하고…….

상추쌈

씨족명氏族名은 쌈
본명本名은 상추쌈
胎生地는 高麗時代와 朝鮮半島

대한민국을 대표하는 음식으로 김치와 비빔밥과 불고기를 꼽지만,
역사로나 정서로 우리에게 맞는
한국인의 음식은 상추쌈이 제일이다.

농부의 밥상에서부터
궁궐 대왕대비 수라상에 이르기까지
신분의 귀천을 가리지 않고
즐기던 상추쌈이 국제적으로 명성을 떨쳤으니
한식韓食 세계화의 선구적 음식이다.

쑥갓은 상추쌈의 형제간이요
배추는 상추쌈의 사촌간이다.
호박잎 깻잎 곰취 콩잎은 육촌간이요

미나리는 팔촌간이며
김과 미역과 다시마는 십촌간이다.

중국음식 생채포生菜包 고려포高麗包
원나라 때 고려인들이 퍼뜨린
고려포 상추쌈이었느니라.

몽블랑 스피어 잉크 2

인류역사상
가장 많은 경험의 보석을 지녔다.

할아버지가 붓으로 글을 쓰던 유년에는
할머니와 어머니와 목화를 따서
무명베를 짜는 가내수공업을 도우며
잠자리 표 연필로 글씨를 썼다.

숫기가 생길락 말락할 때는
펜으로 잉크를 찍어서 쓰다가
열꽃 피던 사춘기에는
만년필로 괴테를 흉내 내었다.

문예작품 대량생산 때는
조강지처 만년필을 버리고
첩실같이 눈이 똥그란 볼펜을 쓰다가
워드프로세서로 대량생산에 들어갔다.

죽기 전에 조강지처를 찾듯
늘그막에 들어 남대문시장에서
몽블랑 스피어 잉크를 찾았다.

오오, 그러나
하늘색 잉크는 품절되고
검은 잉크만 남았다고 들었다.

너무도 오랫동안 바짝 마른 만년필
잉크 불감증을 치유할 길 없어
지하도 층계를 내려가고 있었다.

성속문답 聖俗問答

스님들을 모시기로 하였으나
음식점이 마땅찮아 설렁탕을 시켰다.

스님들이 우거지상을 하고
수군수군 수군거리며 난색을 표했다.

스님들에게 말하기를
"소가 무얼 먹고 삽니까?"
하고 물으니,

"그야 풀을 먹고 살지요." 했다.

"소가 풀을 먹고 살았으니
이것도 풀이나 마찬가지 입니다."

"나무아미타불"

“스님들께서는

먼 길 오시느라고 수고가 많으셨습니다.

차린 것은 없어도

풀이나 한 그릇씩 맛있게 드시기 바랍니다.”

“관세음보살……”

그대 손짓은

그대 손짓은
소상瀟湘 반죽斑竹 이파리의 손짓

강을 건너지 못한 채
은밀히 손짓만 하는
대 이파리 암유暗喩가
사른사른 들려온다.

그대는
소상瀟湘에 떠도는 반죽斑竹의 피리
가락을 타고 극락極樂을 흐른다.

도솔천 극락
한나절을 흐른다.

김치

일상에는 보나마나 하다가도
막상 떨어져서는 살 수 없는
알다가도 모를 조강지처다.

종갓집에 시집 올 때는
부드러운 배춧잎에 소금을 뿌려
뻣뻣한 교만을 숨죽이게 하더니,

새우젓에 멸치젓에
고추와 마늘과 생강과 청각채
서로 서로 사이좋게 어울리다가,

시나브로 익는 인생 맛이 들면
'사스'는 물러가고 침묵사랑만 남는
모르다가도 알 것 같은 조강지처다.

茶山의 바다

화장기 없는 무위사에서
청청 하늘을 보면
그물에 걸리지 않는 바람이 보인다.

바람은 나그네
머물 곳 다 떠나온 인연
깨달은 새가 하늘을 난다.

無爲의 날개 끝에 이는 바람
파도가 일어났다가 잠이 든다.

極樂寶殿 紅梅도 화르르
꽃등을 달면
극락전 수월관음도
素服으로 하늘을 난다.

시를 쓰는 일은

시를 쓰는 일은
인생을 등기하는 일이다.

시를 쓰는 시간은
순간을 영원에 등기하는 시간이다.

눈 깜짝할 사이의
시간과 공간……

순간을 영원히
티끌은 우주에
공손하게 등기하는 일이다.

등기권리증이 소용없는
형이상학의 등기
촛불처럼 피었다 사라지면서
밝히고 사라진 빛과 그림자
이승에서 저승까지 등기하는 일이다.

3 장 | 시를 읊는 의자

토란잎처럼

토란잎처럼
손바닥을 펴고
토란잎 물방울을
바라보는 즐거움을 누리거라.

토란잎처럼
손바닥을 펴고
수은을 보면 볼수록
우주는 영롱하게 빛나지만
욕심을 부리며 움켜쥐면
수은은 손가락 사이로 빠져나간다.

아침 햇살에 빛나는 토란잎처럼
토란잎에 안긴 물방울처럼
투명하게 빛나는 사랑,
바라보기만 해도 만족한 눈빛
푸른 마음에는 언제나
투명한 눈빛이 산다.

인생이라는 장기판

나의 유년시절은
느티나무가 배경이었다.

하늘이 빼꼼하게 보이는
느티나무 그늘 아래서
할아버지가 장기를 두고 게셨다.

훈수를 하던 노인의 이야기는
나의 귀를 쫑긋하게 했다.

시집 온 새댁이
옹달샘에서 물을 긷다가 잠깐
꾸뻑 졸다 깨어보니 모두 죽고
아는 사람이 없다고 했다.

연필로 글을 쓰던 내가
펜으로, 만년필로, 볼펜으로
그리고 컴퓨터 워드프로세서로
글을 쓰다 꾸벅 졸고 깨어보니
이제 나에게도 아는 사람이 없다.

모두 떠나고 비어 있는
인생이라는 장기판 가에
나만 홀로 덩그러니 남아 있다.

詩를 읊는 의자

톱으로
오동나무를 베어내었는데,
그 밑동에서 싹이 나고 자랐다.

시인이 그 등걸에 앉았을 때
하늘엔 구름 꽃이 피고
땅엔 나뭇잎이 피어났다.

자연은 神의 말씀,
시인이 말하기 전에
의자가 한 말은 상징과 은유였다.

하늘에는 구름이 꽃피고
땅에는 나뭇잎이 피어나고
나무의 뿌리와 줄기와 가지
종자種子가 구조를 형상화하고 있었다.

부산히 오르내리는 도관과 체관,
뿌리와 줄기의 수력발전소에서
가지와 이파리의 화력발전소에서
탄소동화작용으로 시를 읊고 있었다.

신오감도 新鳥瞰圖 1

제1의 건달들이 여의도를 질주하오
제13의 반거들충이가 벚꽃 터널을 질주하오
건달들이 반거들충이를 양산하오
무상급식 떠 외며 손을 벌린다오
반값 등록금 떠 외며 표를 구걸하오
반거충이 양산하는 건달들이 무섭소
주인이 머슴보다도 못하는 세상이오
허가 낸 도둑님들이 건들건들 걸어가오
하늘에서 내려 보면 생쥐가 보이오
볏섬을 썰고 있는 생쥐들이 보이오
제1의 건달이 반거들충이를 생산하고
제13의 반거들충이가 건달들을 응시하오

반거들충이

키가 처마에 닿는
창경궁 문지기가 하는 일 없이
침을 질질 흘리고 있었느니라.

스탈린과 마오쩌둥과 공모해서
6.25 전쟁을 일으켜
수백만 민족을 희생시키고
삼천리강토를 폐허로 만든
전쟁 범죄자 김일성을 가리켜
민족의 걸출한 영수니
만인의 위대한 어버이라고
찬양하는 글이 인터넷에 올라도
이 나라 궁성을 지키는 문지기는
전봇대처럼 서서
침을 질질 흘리고 있었느니라.

세끼 밥을 꼬박꼬박 찾아먹으며
세금만 축내는 반거들충이들
횡보橫步하는 게들이 침을 흘리고 있었느니라.

천사 이야기

-황금찬 시인의 간증-

하나님께서는

일찍이 예지豫知하시고 예정豫定하셨다.

75년 전 단기 4269년, 서기 1936년

손기정 선수와 남순용 선수가 1등 3등을 했을 때

18세 소년은 올림픽을 보고 싶다고 했다.

천사처럼 내려온 강인산 선생에게

올림픽을 보고 죽었으면 원이 없겠다고 말했다.

강인산 선생 왈 가라사대

우리나라에서 올림픽을 보게 해 달라고 기도하라.

나라도 없는데 어떻게 볼 수 있겠습니까?

그러니 기도하라. 정성껏 기도하라.

기도하면 뜻이 이뤄지겠습니까?

기도하면 하나님께서 들어주신다!

기도가 하늘에 닿았는지
1988년에 서울에서 올림픽이 열렸다.
황금찬 시인은
올림픽 전야제에서 시를 낭송했다.
갑자기 쏟아진 소나기에
잉크가 번져 시가 보이지 않았다.

시청 앞 광장의 청중 가운데
신문에 난 시를 옮겨 적은 사람이
수첩을 내밀어 읽도록 하였다.
하나님께서 강인산 천사를 보내셔서
꿈같은 이야기로 기적을 보이셨다.

풀들도 쌓이면 열을 받는다

바람에 유연한 풀들도
쌓이면 열을 받는다.

마당가에 쌓아놓은 풀더미
퇴비하려고 쌓아놓은 풀더미
풀꽃들이 수런수런 바람에 한들거리며
서늘하던 풀더미도
홍어를 썩힌다거나
상어를 삭히러 들춰보면
손을 댈 수 없을 정도로 열이 나 있다.

그 열기는
심장을 억압하고
입을 틀어막고
말문을 막는다.

과적에 짓눌리고
억눌려 사는
보관소의 구두와 시계처럼
풀들도 쌓이면 열을 받는다.

조간신문

아침마다
거실에서 세상 보고를 받는다.

세상에서
무슨 일이 일어났는지
좌우로 늘어선 삼정승 육판서가
검은 활자로 세상사를 아뢰어 온다.

다른 나라 국부의 생사에서부터
국내의 1단 기사에 이르기까지
읍을 하고 엎드려 아뢰어 온다.

구두에게

오늘도 혹사시켜 미안하다.

아침부터 밤늦게까지
뒷축이 닳아서 진을 박도록
그렇게 혹사시켜 미안하다.

광진구 출판사에 들렸다가
대방역에서 63빌딩까지
15분 동안 걸어서
초등학교 동창들을 만나고

다시 청담동 리베라호텔에서
변세화 시인의 큰아들
의석 군의 결혼식에 갔다가
이창년 시인과 싸목 싸목 걷고
지하철 7호선을 타고 가다가
용마산역에 내려 귀가하고 보니

혁대에 붙은 만보기에는
1만 7천 448보가 찍혀있구나.

언제나
과적過積으로 사는 구두야
오늘도 혹사시켜 미안하다.

과수원집 소녀

탱자나무 울타리가 철옹성 같았다.

아무리 돌을 던지고
막대기로 쑤석거려도
탱자는 딸 수가 없었다.

노랗게 익으려면 차례 멀었는데
아직도 시퍼런 탱자 알을
아이들은 기를 쓰고 따고자하였다.

아서라 말아라
익지도 않은 것을 손대지 말아라.

탱자나무 울타리가 철옹성 같았느니라.

묵도 黙禱

잔잔한 호수에
피라미 한 마리 튀어 오른다.

손가락 끝에서 튕기는 음률의 물결이
동그라미를 그리며
나이테 원반으로 번져나간다.

저 높은 곳을 향하여
피라미들이 튀어 오르면
꼬리를 물고 따라 오르던 물결이
제자리로 돌아오면서 파문을 일으킨다.

언제나 빛과 사랑이
지상에 참된 평화가 차고 넘치게 하라고
징의 무늬처럼 파문을 일으킨다.

이곳은 빛과 사랑이
언제나 넘치게 하여 달라고
수직으로 솟아오르고
수평선상으로 퍼져나간다.

사랑

어디에 살거나
반지 하나씩 나누어 끼고 살면
한 마음 한 몸이 된다.

저 헤밍웨이의 작품
「누구를 위하여 종은 울리나」의
마지막 장면,
빨치산 마리아를 떠나보내면서
로버트 조단이 하던 마지막 말
"내 속에 그대가 살아있고
그대 속에 내가 살아있다."

어디에서 살거나
어디에서 죽거나
내 속에 그대가 살아있고
그대 속에 내가 살아있으니
마음의 반지, 사랑의 반지

꿈의 반지 하나씩 나누어 지니고 살면
우리는 영원히 하나가 된다.

연꽃 바라보기

칠백년 만에 피어난 연꽃을 바라본다.

함안 성산산성에서 나온

고려시대 씨앗에서

거짓말 같이 예쁜 꽃이 피었다.

사람도 저처럼

미라로 남았다가

저처럼 다시 살아날 수 있을까?

이승의 씨앗이

이승에서 다시 만나는

놀라운 신의 섭리가

인간 세상에서도 이뤄질 수 있을까?

경상남도 함안군 함안면 괴산리
사적 67호 성산산성
옛날 연못의 퇴적층
5미터 깊이의 토층에서 발굴한
열 개의 씨앗 중 한 개에서
선녀처럼 분홍 꽃이 피었다.

세 송이 꽃들을 거느린 채
천상의 선녀가 現身佛로 오셨나보다.

빼빼로 데이

두 사람이 함께 가고 있다
두 사람이 陰陽으로 나란히 가고 있다.

해를 머리에 인채 남자가 가고 있다
해바라기와 봉선화가 하늘을 보고 있다

달을 머리에 인 채 여자가 가고 있다
달맞이꽃을 은애하는 풍뎅이가 실려 가고 있다

해와 달이 별밭에서 랑데부를 하고 있다
별들도 분초를 다투어 반짝이고 있다

2011년 11월 11일 11시 11분 11초는
천상천하 부부들이 쌍쌍춤을 추는 날

前無後無한 쌍쌍파티는
12數 完成數로 통일로 가고 평화로 가는 날

하나님이 굽어보시는 가운데
男女들이 열병분열식에 쌍쌍춤을 추는 날

서울 용산 아이파크 문화센터 G홀에서 천지창조 이야기가 무르익어
가다가 어느 한순간, 과거에도 미래에도 두 번 다시 오지 않는 시간…잠
시 동안 침잠되고 정제된 침묵 끝에 최 여사의 판소리 가락이 흐르고, 조
여사의 가곡이 흐른 후 김 시인의 시낭송으로 이어지면서 11분 11초는
무한하고 영원한 미지의 세계로 우주를 지나 천주여행을 떠나가고 있었
느니라.

노을

오수 장날 난장판에서
영정사진을 찍어주고 있었다.

빙판길에 미끌어져
병신이 된 손,
불구의 손으로
달떡을 빚어 팔던
죽창댁 할머니도 영정사진을 찍는다.

기분이 어떠세요?
기분이야 좋지!
기분이 얼마나 좋아요?
하늘만큼……

죽창에서 시집 온 할머니
하늘을 그윽이 올려보다가
우리 신랑 만나러 저승 갈 때는

나를 꼭 알아보라고
요 사진을 꼭 지니고 갈랑구먼
그려야 만나니깨……

신삼국지新三國志

임진년壬辰年 흑룡黑龍이
붉은 혀를 날름거리며
제주 남쪽 이어도를 넘보고 있다.

임진년에 쳐들어온
왜적 사무라이 칼끝이
우리의 독도를 겨누고 있다.

자장면을 집어삼키던 와리바시가
지진 해일로 의기소침해지자
썩은 고기를 좋아하는
불곰이 발톱을 드러내고 있다.

임진년엔 왜적에게 당하고
6.25엔 불곰에게 당하고도
정신 못 차린 핫바지들……
창경궁昌慶宮 문지기가 침을 흘리고 있다.

직간直諫

편향된 종교가 아편이라지만
빼딱한 촛불이 아편이라고
산발한 날선비 상소문으로 아뢰오.

멀쩡한 대낮에
소 한 마리 죽은 일 없고
사람 하나 죽은 일 없는데
촛불집회가 적조의 바다로 번졌나이다.

아무도
촛불을 아편이라고 말하지 않는
적조赤潮의 바다에서
양심이 허우적거리며 떠내려갔습니다.

법法은 허수아비
불법不法이 많아지면 합법合法이 되는
적조 해일海溢에 밀려서
진실은 행방불명이 되었다고 합니다.

4 장 | 그리움이 죽으면

토란잎 물방울

아침 햇살에 영롱히 빛날 때까지는
어둠을 견디어야 하느니라.

햇살이 좀 더 머물기 전에
사라지는 슬픔도 견디어야 하느니라.

밝은 대낮에는
존재도 없이 사라진다 할지라도
서러워하거나 원망하지 말아라.

손바닥에 놓여진 수은처럼
움켜쥐려 하지 말고
토란잎처럼 언제까지나 두고 보거라.

아침에 길을 찾으면
저녁, 밤길이 편하듯이
안심입명安心立命의 경지에 드느니라.

눈을 감아도
그 순간을 누리게 되면 영생하느니라.

이슬 하늘 얼싸안은
토란잎처럼
두 손 모아 합장하는 선인장처럼.

옻나무 샘

샘물이 맑고 시원한 까닭은
가슴에서 솟는 비원悲願 덕분이다.

조선 여인의
서슬 퍼런 은장도에서
일편단심 정절이 산다.

독침을 지닌 벌이 꿀을 모으듯
옻나무 단풍 그늘에서
단심丹心이 살아난다.

소소한 바람 불러들이는
소쇄원瀟灑園 선비의 시음詩吟
어머니 물동이에서 하늘이 산다.

어머니의 젖줄과 매서운 회초리
자애로운 눈빛과 야멸찬 은장도
눈물 끝에 햇살이 열린다.

솔바람소리

선은리에 남풍이 불면
임립林立한 솔숲의 솔바람소리
송홧가루 꽃보라와 함께
夕汀 先生님 시음詩吟이 들리네.

내 이름자 닮은 소나무 숲에
李白과 夕汀의 山中問答
배고픈 시절의 길동무들
뻐꾹 뻐꾹 뻐억 뻐꾹—

솔바람소리에 깨치는 목소리
"송문이 왔냐?"
"네……"
시나대 바람에도 뻐억 뻐꾹—

이별 연습

동백꽃처럼
웃으면서 꽃피고
웃으면서 져야 하느니라.

떠날 때는 말없이
웃으면서 떠나고
웃으면서 보내야 하느니라.

보내기 전에
하고 싶은 말은
침묵하는 바위의 언어로만
먼빛 눈짓으로 말해야 하느니라.

미문일기 다비식

나의 생애 중 1년을 태웠다.
365일을 10여 분에 태웠다.

언젠가는 나도 태울 그 날을 위하여
예행연습을 아름답게 하였다.

북한강 기슭에서
문우들과 함께하는 일기 다비식茶毘式
불꽃 속에서 내 청춘 한 때가 날아갔다.

장작불 가에서
마지막 남은 재를
누군가가 종이컵에 담는다.

미진한 온기 속에서
나의 청춘이 저문다.

염전鹽田에서

어머니에게서 젖이 나오듯이
바다에서 천일염天日鹽이 나옵니다.

하얀 소금을 몰고 오는
바닷물을 끌어안으면
어머니 젖빛 하얀 결정체
고난을 극복한 땀의 징표가 나옵니다.

어머니 복중에서
주먹질 발길질하는 태아처럼
모성母性의 바다는
욕망이 펄떡펄떡 뛰어놉니다.

바다, 푸른 심장이 뛸 때
우주를 닮은 어머니는
생로병사를 초월하는 바다의 입방체

고난의 땀방울을 모아 사리를 만들고
나머지는 모두 증발시킵니다.

잡다한 번민도 고뇌도 고독도 상처도
모두 증발시키고
정갈한 순백의 옥양목 한복 치마저고리
두 손 모우고 하늘 우러러 합장하는
모성의 바다 입방체 염전은
빨랫줄에서 깃발처럼 날리는
어머니 인생의 빨래입니다.

천일염 염전은
인생을 더욱 아프게 치대고
곱게 곱게 다리미질해 오신
어머니 빨래의 결정체結晶體입니다.

신오감도 2

까마귀가 까옥까옥
불길한 소리를 내지르고 있다.

성당 지붕에서
사제복을 입은 까마귀들이
대한항공 858기 사건은
정치적 음모라고
김현희를 조작된 가짜 공작원이라고
독재정권 유지를 위해 만들어낸 조작이라고
까옥까옥 성명서를 발표하더니,
세월이 가고, 자기들 거짓말이 밝혀지자
꿀먹은 벙어리가 되더라.

김현희가 죽을죄를 지었다지만
북한 지배자에 의해서
어릴 때부터 인간도구로 교육받아온
자기 과거를 속죄하려는 김현희를 짓밟아

사람들로 하여금 믿지 못하게 하려는
거짓 조작에 나선 까마귀들이
까옥까옥 까옥까옥 가오 가오
성당의 지붕에서 음모하고 있다.

이적행위와 거짓 조작을 하고도
시치미 떼는 까마귀들이
송장 뜯어먹은 부리를 허수아비에
쓱쓱 비비고 있다.

세속화된 사제 까마귀들이…….

해바라기

불타는 정열
향수에 목마른 그대 혼신에
고무호스를 늘여 물을 뿌린다.

호스 끄트머리를
호리병 주둥이처럼 좁혀서
반공중의 하늘로 뿜어 올린다.

북아메리카를 언제 떠나왔는지
상록의 졸참나무 숲속을
먼 하늘 키대로 서서 바라보는
흑진주 같은 씨알의 눈빛은 찬란하다.

이국의 키다리, 키대로 서서
하늘로 꽃핀 정열의 불꽃
황금빛 축제로 씨알이 영근다.

사발만한 노란 얼굴을 들어
태양을 향해 활짝 웃는 희열
오색인종들 하늘하늘 깨춤을 춘다.

그리움에 목이 말라
온종일 뙤약볕에 키대로 서서
먼 하늘 손차양하는 그대에게
전설 같은 사연을 풀어 물을 뿌린다.

북아메리카 인종을 닮아서
키만 껑정할 뿐
그리움만 배부른 그대에게……

중국 박물관에서

배추벌레 한 마리가
옥돌 배추포기에 붙어있다.

햇빛이 들지 않는 감옥에서
빠삐옹처럼 썩어가던 죄수가
목숨을 야금거리며 조각하는 손끝에
한 포기의 배추가 살아났다.

배추는 배추인데
옥돌은 옥돌인데
죽어가는 죄수가 만들어놓은
神의 장인匠人 꿈이었다.

사직송 社稷松

나라를 지키려고
모진 풍파와 싸우다가
꺾이고 부러진 가지 중에는
구사일생으로 살아난 동량재가 있다.

우산처럼
팔을 벌리지만
구멍 난 총구에서 벌레가 산다.

천안함이 깨어지고
연평도가 찢겨져 나갈 때
너는 어디에 있었느냐

상처가 깊어서
눕지도 못한 채
받침대에 의지해서 겨우겨우 서있다.

넋이 빠진 출마자들은
불행을 외면한 채
입술의 기운으로 설왕설래하고 있다.

역사 아이러니 1

요동 정벌에 나섰다가
위화도에서 군사를 회군시킨
이성계의 아들, 부자간의 거동보소.

고려의 충신 정몽주를 불러놓고
何如歌를 부른 이방원은
丹心歌를 부른 정몽주를
선지교에서 교살하게 하는 거동보소.

피가 낭자한 자리에서
대나무가 자라나서
선지교는 선죽교가 되더니
정몽주는 만세의 충신이 되고,
이방원은 삼대 왕이 되는 것 보소.

역성혁명을 일으킨
이성계 이방원의 후손 중에서
세종대왕 성군이 나온 것은
역사의 아이러니 아니고 무엇인가?

몸에 대하여

내가 부린 배가 70년이 되었다.

강판은 녹이 슬고
바닥은 물이 새어 수리중이다.

동맥경화에 허리 디스크에
치질이 심할 때는
변기에 피가 홍건하다.

언젠가 피안에 닿으면 버려야할 배
적재량이 넘는 과적을 싣고
험산준령 인생길을 겁 없이 살아왔다.

글을 쓰기 시작한지는 50년
문단에 데뷔한 지는 40년
시가 좋아서 同苦同樂했지만,
가랑잎 흩어지듯이 허전하다.

그리움의 죽음

소지燒紙에 날린 이름은
알래스카 코디악 공항의 흰곰
박제된 채 서있는
전기다리미 같은 발바닥
물고기 때려잡아 껍질을 벗겨먹던
추억의 비늘을 날리고 있다.

철저하게 껍질만 벗겨먹고
알맹이 살점은 떠내려보내는
허무맹랑한 사연……
이제는 가슴을 찌르는 게 없다.

폭격 맞은 장독대처럼
산산이 부서진 장독 조각들
뒤집혀 쳐들린 봉선화와 채송화
말라죽은 채 널브러져 있다.

이제는
사금파리의 나라
부러진 해바라기 줄기 하나
아무것도 남은 게 없다.

안개 속으로 사라진 기억 저편에
저승사자 같은 추억만 남을 뿐.

그리움이 죽으면

그리움이 죽으면
아무것도 살아남지 못한다.
나무 한그루, 풀 한포기
심지어 기왓장 하나까지도.

우리가 놀던 자리
자운영 꽃 클로버 꽃으로
꽃반지 꽃목걸이 걸어주던 자리는
융단폭격에 완전히 초토화되어
검은 흙, 검은 재만 누워있다.

그리움이 죽으면
주검조차도 볼 수가 없다.
불타 죽은 희나리도, 기왓장도
아무것도 살아남은 게 없다.

사랑이란 생명의 꽃이므로
그리움이 죽으면
풀 한포기 살아남지 못하는
영영 초토焦土가 되므로…….

조기호 성님

복사꽃이 너무도 흐드러지게 붉어서
펑펑 울었다는 성님!

어질병이 지랄병 된다고
어린 것이 벌써
시에 미친병이 도지기 시작하면서
처녀 무당 신 내리듯
징조가 나타나기 시작했다지요.

자연과 교감하는 길에
가람 선생과
석정 선생과
복사꽃을 만나
신 내리듯이 시를 경작하던 시인

땍거위 성님의
삼베처럼 꺼끌꺼끌한 사투리
남도 호남평야 사투리에
노을도 부끄러워 달거리를 하지요.

이목윤 성님

李木允 성님은
전쟁의 상처를 짜깁고 살아서 돌아온
국방색 밥상보 프리즘이더이다.

본래는 미남이었는데
보기 드문 미남이었는데
천사가 시샘하여
전장에서 팔을 잃고 얼굴 한쪽 잃었지요.

어머니는 새벽마다 물을 길어 와서는
뒤란의 장독대에 정화수 올려놓고
그저 그저, 아들의 무사귀환을 빌었건만
천지신명께 빌었건만
총탄 포탄이 비 오듯 쏟아지는 전장에서
죽지 부러진 새가 되어
찢긴 몸 어머니에 보일 수 없어
대문 밖에서 서성거렸지요.

휘날리고 싶었는데
청춘의 깃발을 휘날리고 싶었는데
찢겨진 기폭을 짜깁고 돌아오던 날
속 아픈 어머니의 눈물은 강물이었다지요.

바른 팔은 날아가 없어지고
한쪽 팔만 살아서 돌아와서는
대학신문 편집국장이 되고
재건학교 교장선생이 되더니
문예가족에서 시 쓰고 소설 쓰고
짜깁기한 깃발을 휘날리더이다.

굴렁쇠

나이 들면 어린아이가 된다는데
고향 가면 굴렁쇠를 굴리리라.

나무통에서 풀려난
대나무 테라든지,
살을 뺀 자전거 바퀴를 굴리며
유년의 고샅 고샅을 달려가리.

막대로 자전거 바퀴
굴렁쇠를 굴리면서
웃 몰 방천에서 샛터 합수정까지
황새바위에서 삼계성문까지
구름에 달 가듯이 굴렁쇠를 굴리리.

그것은 추억의 輪線
우주를 둘러 끼운 하늘

아버지의 서늘한 밀짚모자요
어머니의 따뜻한 젖가슴이다.

아비 등과 어미 가슴은 고향산천
고향산천 굽이굽이 굴렁쇠를 굴리리.
아비 어미 그윽한 숨결
구름에 달 가듯이 굴렁쇠를 굴리리.

허수아비

이제는 새를 보지 않는다.
새를 왜 보지 않을까?
허수아비가 소용이 없기 때문이다.

창경궁 거인 문지기가 있었다.
코끼리 구경하려던 사람들이
거인 문지기를 올려보고 있었다.

소설가 이범선이 말했다.
법률은 허수아비라고.
참새들에게는 공갈이 되지만
까마귀들은 무서워하지 않는다고.

큰 고기는 풀려나고
작은 고기만 잡히는 이상한 그물
무전유죄 유전무죄 우여 우여 우여–

역사책은 걸레바지가 되고
비둘기는 신문지처럼 찢겨져 흩어졌다.
촛불은 플라스틱 꽃
불에 타면서 독을 뿜고 있었다.

5 장 ı 자작나무들의 기도

봄이 오면 산에 들에

벙어리들이 웃는다.
벙어리들이 지천으로 깔려 웃는다.

겨우내 냉기 흐른 땅
온갖 추위와 배고픔을 견디고
나라 잃은 설움을 겪으면서
말 못할 사연이 꽃으로 솟아
미풍에도 가슴 두드리며 활짝 웃는다.

산꽃은 산꽃끼리 들꽃은 들꽃끼리
수화手話를 하다가 어깨동무를 하다가
머리카락 산발한 채 머리춤을 추다가
친정 어미 죽은 밤 딸들의 통곡처럼
어깨로 허리로 온몸으로 흐느끼며
소리 없는 아우성 속울음을 웃는다.

벙어리들이 웃는다.
벙어리들이 지천으로 깔려 웃는다.

비비새야

비비새야 왜 우니?
비정한 세상 때문에?

비비새야 비비비비
비상할 수 없다고?

비 내리는 새벽에도
비비비비 우는 거냐?

비비새야 왜 우니?
비나이다 비나이다

비가 오나 눈이 오나
비에 젖어 눈에 젖어

비비새야 왜 우니?
비겁한 속물들 때문에?

설연화雪蓮花

삭풍이 나무 끝에 불고
忍冬草도 눈 속에 잠겼던
6.25 전쟁 중의 1.4후퇴 때
중공군에 쫓기면서 피란하던 여인이
오버를 벗어 아기를 감쌌다.

여인의 온기는
눈을 태우고 비를 태우고
엄동설한을 태우면서
싸늘하게 식어가는
어미의 주검 속에서
아기가 울고 있었다.

눈속에서
핀 설연화가
눈물속의 햇살처럼
내 가슴 오롯이 피는가보다.

찰나의 즐거움

-탁구장에서-

사랑이란 무엇입니까?
탁구 같은 것이니라.
탁구란 무엇입니까?
만유원력의 수수작용이니라.

수수작용이란 무엇입니까?
존재하기 위한 힘이니라.
힘이란 무엇입니까?
사소한 공 하나에도 사람 사는
쏠쏠한 쏠쏠쏠 소나티네 재미니라.

도 미 쏠 시 도레도
도 미 쏠 시 도레도

모짜르트 소나타보다도 더욱
영롱한 구슬방울 같기도 한
네가 쏠쏠한 탁구를 알겠느냐?

탁구에 웬 음악입니까?
공자께서도 말씀을 하셨느니라.
무슨 말씀을 하셨습니까?
아침에 깨달으면 저녁에 죽어도 좋다는.

그게 탁구와 무슨 상관입니까?
작은 공에도 쏠쏠한 길이 열리느니라.

탁구공은 우주처럼 둥글거니와
나비처럼 날아서 벌처럼 쏘면서도
향기로운 밀다원蜜茶苑 꿀벌소리
사랑과 생명의 웃음꽃을 피우느니라.

예감 豫感

북한의 김정은은
남한의 한학자 충재에게
풍산개 한 쌍을 선물하고,

남한의 시민들은
대한민국 박근혜 대통령에게
진돗개 한 쌍을 선물했다.

남과 북의 忠犬과 孝犬은
통일의 길로 안내하는
슬기로운 가이드
상서로운
외나무 통일교를 건너고 있다.

세월이 가면

세월이 가면
늙음이 오고

늙음이 오면
추억이 산다.

추억이 살면
그리움이 오고

그리움이 오면
기다리며 산다.

기다리다보면
술에 익숙해지고

술을 마시면
빈 잔만 남게 된다.

빈 잔은 나我
입을 크게 벌린 채
하늘만 보게 된다.

동창생

헤어졌는데
다시 다가와 손을 맞잡고
새삼스럽게 안부를 또 묻는다.

언제 또 다시 볼 것인가

실컷 먹고 마시고 놀다가 헤어지는데
다시 돌아서서 일가친척 안부를 묻는다.

과년한 따님은 예웠다든가?
지질학 전공 박사가 또 묻는다.

남극기지에서 근무하던
초등학교 급장 곽박사가 묻는다.

발음도 어눌하고
걸음도 답답하게 느려서

택시 잡아주는데 30분……
갈 길이 심란한데도
헤어질 줄을 모른다.

다시 뒤돌아보며
막내 자제는 예웠당가?
…………………………

보리 까끄라기

다른 것은 다 좋은데
그물에 걸린 바람까지도
붙들려고 하는 게 문제로다.

풋풋한 풀 향기라든지
보리누름의 윤기 흐르는 金波 平野
지평선상에 내려온 하늘
그 사이 극락의 신선놀음……

다른 것은 다 좋은데
이슬에 내리는 달빛까지도
두고 보지 않는 게 문제로다.

한 주먹에 움켜쥐려는
손가락 사이사이 빠져나가는
수은처럼 그렇게……

전도현상顚倒現象 1

자식 놈은
침대에 누워서 전화를 하고
아비는 맨땅에 서서 전화를 받는다.

밥이 나오기 전
아비가 수저를 들기 전에
자식 놈이 반찬을 집어먹는다.

한겨울
진돗개가 새끼를 낳는다고
애지중지 안방으로 모시고
돈이 되지 않는
아비는 거실에서 자기로 했다.

개를 좋아하는
여자가 개를 뒤쫓고
남자는 여자를 뒤쫓아 가고

개는
물고 있던 콘돔을 길가에 버렸다.

전도현상顚倒現象 2

자식 놈은
아비를 꾸짖고

아내는
남편을 사육한다.

석탄 2

단단한 고체가 흑인영가를 연주한다.

검어지는 열매에서
순백純白의 목화가 피어나듯이
새까만 얼굴에서 빛나는
새하얀 이를 바라보듯이
어두운 밤하늘에 터지는
극락의 불꽃을 바라본다.

어둠이 저자설수록
다가오는 여명의 눈동자,
고승의 죽비 소리를 바라본다.

새까만 증기기관차에서
칙칙폭폭 칙칙폭폭
활활 타면서 치달리는 불의 알,

화부의 삽에서 투신하여
육중한 바퀴를 굴리는
거룩한 순애殉愛의 불꽃을 본다.

석탄 3

화로가 잉걸불을 품듯이
지성이 감성을 안고 잠들다.

아이에게 젖을 물린 여인이
굳어진 화석……
죽음보다 깊이 잠들어있다.

천년이고 만년이고 수억년이고
혼곤한 잠속에 불을 품은 채
순간과 영원을 붙들어 매고 있다.

흑암의 지옥에서
꽃피는 극락,
전쟁의 불안과 공포 속에서
시를 쓰는 닥터 지바고처럼
페치카가 장작불 꿈을 꾸고 있다.

오골계烏骨鷄가 알을 품듯이
검은 화로가 잉걸불을 품고 있다.

자작나무들의 기도

청자빛 하늘을 향하여
하얀 손을 들어올린다.

순백의 살결
혼신을 드러낸 채
하얀 달빛 은혜를 먹고 산다.

아무리 추운 엄동설한일지라도
일용할 양식을 절약하여
순백의 수피를 드러내면서도
사랑하는 법을 토설하고 있었다.

바람결이 아무리 매정하다해도
곱게 보내는 용서의 순간들…
경험의 부스러기 다 떨어뜨리고
모두들 훤칠한 키대로 서서
일제히 하얀 눈을 흩뿌리고 있었다.

밥

쌈박한 맛이 없는 조강지처糟糠之妻다.

평생을 함께 살아도
곁에 있는 듯 없는 듯 무덤덤한 존재.

공기의 맛을 모르고
물의 맛을 모르는 것처럼,
평생 함께 살아도 맛을 모른다.

사이다나 콜라, 겨자의 톡 쏘는 맛도
커피나 코냑의 은은한 방향芳香도
밥에서는 맛볼 수가 없다.

그러나
밥은 날마다 먹고 살 수 있지만
코냑으로 끼니를 메울 수는 없다.

공기 없이 살 수 없는 것처럼
물이 없이 살 수 없는 것처럼
아내 없이 살 수는 없다.

날마다 본체만체했는데,
아내는 나의 밥,
옆구리에 숨겨진 갈비뼈
쌈박한 맛이 없는 조강지처다.

코냑 없이는 살아도
밥 없이는 못 산다.

탁구장 풍경

투명한 아침 공기를 가르며
반짝이는 은어들이 떼로 몰린다.

금붕어들처럼
종이컵의 녹차를 빠끔거리기도 하고
피라미들처럼 재빠른 동작으로
물방울 같은 공을 주고받기도 한다.

지느러미 같은 손으로
잘 주고 잘 받는 만유원력과 인력
수수작용의 회로回路,
절묘한 순간순간의 테크닉에
소우주의 생명은 영존하는가보다.

삼라만상의 우주처럼
공을 뱅글뱅글 돌려대는

세련된 커트에 절묘한 드라이브
순간의 형이상학이 낙원을 이룬다.

그러나 때로는 짝이 없어
물만 마시는 금부어처럼
한쪽에서 엉거주춤
차만 마시다가 사라질 때도 있다.

태양계이서 퇴출된
난쟁이 134340번 명왕성처럼……

호롱 앞에서

-芙園 先生을 보내며-

호롱 앞에서
호롱의 원주인을 생각한다.

김창직 시인께서는 己未 秋日
항아리만한 호롱에
窓外三更雨 燈前萬里心이라 쓰고
천도가 넘는 불에 구워주셨다.

고열을 견뎌낸 호롱처럼
한 천년 달구어져서
원죄 없는 성인이 되라 하시고
홀연히 가시다니
세상사 가랑잎 날리듯 허전하다.

담배를 사랑하시던 부원 선생은
니코틴에 치아를 잃고
제자를 애지중지하시다가

제자 독에 건강을 잃고
담배 연기처럼 사라지셨다.

우렁이가 많은 새끼를 품었어도
살을 파 먹히고 파 먹히다가
빈 껍질로 떠내려갈 때
왕호롱도 울고 나도 울었다.

자다가 깨어나면

자다가 깨어나면
삼다도三多島 물을 마신다.

삼다도에는
돌과 여자와 바람이 많다는데
이 물속에는
뭐가 들어있을까?

여자의 머리카락 휘날리게 하는
그 푸른 바람이
유리컵에서 다시 산다.

등산 갔다 조난당할 때
숲속에서 듣던 파도소리처럼
유리컵에서 해일이 인다.

한라산에서 업고 내려오던

추억 속의 여자

그리움이 방파제를 공략한다.

돌연변이

하나님을 믿는다고
하나님을 모시고 산다고
주일마다 교회 출석은 개근하며
십일조는 꼬박꼬박 내면서도
시어머니 외면하며 잘도 사는
집사님 권사님들이 수두룩하더라.

집에 모시기는 고사하고
명절에 찾기는 고사하고
안부 전화 한 통화도 없이
두 눈 뜨고 잘도 살아가더라.

하나님을 믿으면
사람이 된다는데,
의무를 다 해야
권리를 주장할 수 있다는데,

시어머니 잊고서 살면서
천당 아랫목은 맡아놓은 줄 알더라.

하나님을 믿으면
인격혁명이 일어난다는데,
옷 로비 사건에 걸려든
그 귀족 권사들
하늘 아비도 모르는 돌연변이들은
인간인지 짐승인지 알 수가 없더라.

내소사에서

아름드리 전나무들이 키대로 서서
기지개를 켜는 봄이 오면
대웅보전 꽃살문양도 陽光에 산다.

연꽃과 국화꽃과 모란꽃이 가득한
문살은 립스틱이 지워져
화장기 없는 본모습으로 산다.

대웅보전 천장 검은 널판 속
북이며 장구 해금 당비파 향비파 태평소
나발들도 저마다
비천상의 천의처럼 너울너울
천상의 소리 풀어내고 있다.

하늘에서 오신 큰 별 하늘나라로 가시네

하늘에서 오신 큰 별
하늘나라로 가시네.

오실 때는 일제의 질곡에 묶여
빼앗긴 나라, 창씨 개명한 백성
생일 없는 천애고아들 갈 곳 없는
깜깜한 한밤중 팔열지옥 팔한지옥
피어린 험산준령 넘고 넘어서
꿈결처럼 홀연히 오셨네.

아비가 왔다, 아버지가 왔다!
사랑의 말씀으로 지옥을 불사르며
어둠을 살라먹는 해님으로 오시더니
가실 때는 별들이 사는 나라
하늘나라로 홀연히 가시네.

인류를 한 가족으로 엮어 오신 당신은
누가 뭐라 해도 참된 아버지,
아비 없는 세상, 아버지가 없는 나라,
나라 생일도 모르는 지상에 오셔서
하나님의 날, 부모의 날, 자녀의 날을 세워
사는 보람 찾아주신 참된 아버지,
세상 사람들은 당신을 영웅이라 하고
참사랑의 성자, 진정한 애국자,
종교인, 정신적 지도자라고 말하지만
인류의 참된 아버지가 옳습니다.

부모의 심정으로 살되 종의 몸으로
희생 봉사하며 위하여 살라고
순애殉愛를 깨우치신 심정의 인연으로
축복을 주실 때는 봄바람처럼 주시고
불의 앞에서는 폭풍우에 해일이 일지요.
고난을 극복한 자 영원한 왕자라고

고생하라 고생하라 고생하라 하시며
전국 방방곡곡 벽촌까지 보내셨지요.
지옥의 밑창을 뚫어야 천국이 보인다고
행복의 자유천지 그 세계가 오면
오색인종 한 식구들 웃음꽃이 핀다고
주야장천 밤낮으로 말씀하셨지요.

설한풍의 청보리가 푸른 들을 이루듯이
지상천국 천상천국을 보여주신 선생님은
피어린 섭리사를 고난으로 빨래하시고
오실 때처럼 꿈결같이 홀연히 떠나시네.

하늘에서 오신 큰 별
하늘나라로 가시네.

歲寒三友가 하늘을 우러러보듯이

－세계일보 창간 24주년을 축하하여－

선학仙鶴이 선명한 하늘을 날듯이

하늘 꿈의 날개를 지상에 펼치듯이

새벽을 깨우는 용마루의 계명성처럼

세계일보는 문자로 시대의 잠을 깨운다.

소나무가 하늘을 우러러보듯이

푸른 정신으로 하늘을 보고 세상을 보자.

하늘에서 받은 본성을 지켜내어

이 땅 신시神市에 내려온 단군성조

홍익인간의 눈으로 세상을 바로 보자.

대나무가 속을 비우고 곧게 서듯이

빈 마음으로 목탁의 소임을 다하자.

黑龍 赤龍 몰려드는 먹구름에

불안과 공포로 전율하는 위난危難에는

언제나 지조를 지켜온 선비같이 의병같이

시대의 아픔과 미래를 고민하는 신문,
正論直筆로 세상을 바로 세워 나가자.

雪中에도 梅花가 고절高節을 지키듯이
어둠의 권세에도 보무당당 이겨내자.
나라 곡간을 연금으로 빼어먹는 쥐새끼들
여의도 매미까지 사납게 울게 만든 개새끼들
눈치보고 아첨 떨다 살이 오른 무지문無指紋들
탈곡하는 욕설과 촛불 赤潮의 망치와 전기톱,
주조기에 녹여 넣어 새 활자로 거듭나게 하자.

歲寒三友가 하늘을 우러러보듯이
세계일보의 눈으로 하늘을 보고 세상을 보자.
하늘과 땅은 애천愛天과 애인愛人과 애국愛國,
부모의 심정으로 살되 종처럼 받들어서
양심의 나침반이 가리키는 대로 향도하는 신문.

남북통일을 주도하는 정론지로서
통일을 방해하는 반거들충이 쭉정이들,
지역감정 부추겨서 편 가르는 망나니들,
건달들, 깡패들, 사기꾼, 협잡꾼, 파렴치한들!
세계일보 읽은 맑은 눈으로 교정을 보자!

민족정기 발양하여 신문화 창건하고
위대한 겨레의 기상을 펼쳐나가며
사회정의 구현과 건전한 도의 회복을 위한
민족정론지 세계일보는 우리의 마지막 보루
잠든 소 깨우는 쇠파리처럼 시대의 잠을 깨우자.

정화수 떠놓고 기원하는 어머니처럼
암탉이 병아리를 날개 아래 모으듯이
松竹과 梅花 三友가 하늘을 모시고 살듯이
언제나 푸르고 곧게 살면서도 강인하게
여성시대 어머니처럼 여성대통령처럼 슬기롭게

사슴뿔의 정신으로 약탕관처럼 펄펄 끓어서
건강한 나라와 세계를 위하여 꿈을 펼치자.

순수 서정에서 현실적 서정시세계로의 장도壯途

이경철(문학평론가)

"그렇게 물렁하게 보덜 말어!/ 그렇게 만만하게 보덜 말더라고, 잉?//
물렁한 게/ 심심한 것 같아도/ 고추와 마늘과 생강으로/ 반골 기질이
살아 나닝깨!// 푸르 둥둥한/ 멍 자국이 있지만/ 반골 기질이 살아서/
목젖이 쌔 하니/눈물이 쏙 빠질 일이라닝깨." (「가지나물」 전문)

◆ 시피 봐선 안 될 원로들의 왕성한 창작욕

신간 문예지들을 살펴보면 원로들의 신작시들이 부쩍 눈에 많이 띤
다. 예전 같았으면 '또 그 밥에 그 나물'하며 건성으로 넘겨버렸을 시들이
이젠 그게 아니다. 탱탱한 긴장이 머리카락을 쭈뼛 서게 하거나 둔중한
울림이 가슴을 쿵하고 내리친다. 무엇보다 허장성세나 가식 없는 담박한
원로들의 시문법이 외래 사조나 이즘, 낯설게 하기 기법에 찌든 젊은 시
단에 되레 샘물 같은 청량감을 주고 있다.

성철스님의 말로 잘 알려진 "산은 산이요 물은 물이다"는 선가禪家 조
사祖師급 고승들의 법어, 혹은 화두가 요즘 원로들의 시에는 아주 자연스

레 구체화 돼있다. 아무리 참신과 세련과 전위로 날뛰어봤자 결국 부처님 손바닥이요, 산은 산이요 물은 물인 것을. 머리 싸매고 심장에 박차를 가하며 이런 저런 시적 실험 끝에 돌고 돌아 어렵사리 이르게 된 그 동어반복의 순박하면서도 깊은 세계가 원로들의 시에 눈길을 가게 한다.

황송문 시인의 이번 열세 번째 신작 시집 『하지감자 날선 빛깔』 역시 그런 원로시의 미덕을 한껏 발하고 있다. 1960년대 후반부터 동인활동을 하며 시 창작을 시작, 1971년 신석정 시인의 사사로 문단에 나왔으니 시업詩業이 어언 반세기에 이르고 나이 또한 칠순을 넘겼으니 '원로시인'으로 불려도 되리라. 그러나 해방 직후에 등단, 망백望百의 시작활동을 펼치고 있는 시인들도 한둘이 아니니 '원로'로 불리고 대접받기는 언감생심. 그런 대선배들 앞에서 칠순의 시인들은 아직 젊다.

그래서 인가. 위 프롤로그로 올린 시에서도 드러나듯 '반골 기질'이 아직 펄펄 살아있다. 예전 예사 원로들의 물렁물렁 고개 숙인 만만한 시들이 아니라 눈물 쏙 빠지게 푸르딩딩 부릅뜨고 있는 시편들이 이번 시집이다.

아직 가야할 시의 길이 멀다는 듯 한편에선 전통서정이 하지감자같이 투박하게 익어가고 있다. 다른 한편에선 보랏빛 가지의 그 날선 빛깔처럼 타락한 현실과 첨단문명세대에 대한 비판에 날을 세우고 있다. 무엇보다 그런 현실비판의식과 서정을 분간할 수 없을 정도로 한 시에 감싸안는 현실적 서정의 새로운 시세계를 열어나가고 있다.

"집을 짓기 전에/ 마지막 똥을 싼다.// 똥을 싸고 나면/ 몸은 투명한 사무사思無邪/ 사특함이 없어지면 언어의 집이 된다.// 언어의 집짓기는/ 명주실의 탄생과 번데기의 소멸/ 생사生死의 갈림길에서/ 인상印象만 남기고 간다.// 마음의 도장/ 인상만 남기고 간다."

'시 창작론'이란 부제가 붙은 시 「누에」 전문이다. 대학교수로서 오랫동안 강단에서 시론과 창작론을 가르치고 시평론도 해온 시인이 시 창작을 누에가 명주실을 짓는 과정에 비유한 시이다. 요즘 왕성히 창작되고 있는 원로시인들의 좋은 시에는 이렇게 '똥', '사특함'이 없어서 좋다.

공자는 "시를 한마디로 말하면 사특함이 없는 것"이라 했는데 그 '사무사思無邪'를 다시 환기시키고 있는 것이다. 부러 짓거나 꾸미지 않고 인간의 보편적 성정性情에서 자연스레 실감實感으로 우러나야 시가 된다는 게 동양 정통의 시창작론. 원로들의 시에는 그런 사특함이나 인위적 꾸밈이 없어 진솔한 인상을 주고 있다.

"배추 잎이 엷고/ 사근사근해야 맛을 담보할 수 있다.// 소금물에 숨을 죽여서/ 온유하고 겸손해야 양념과 어울릴 수 있다.//(중략)// 고난을 참지 못하고/ 어울리지 못하면/ 먹는 곰팡이 맛과 멋으로/ 발효되지 않아 군내가 난다."

역시 시창작론 부제가 딸린 시 「김치 담그기」 일부이다. 앞 시에서 '사무사'를 강조했다면 이 시에서는 온유와 겸손으로 어울림을 강조하고 있다. 사무사라, 나의 올곧음만 강조하지 말고 남들과 어우러져 곰삭아 발효가 되라는 것이다. 나와 너, 삼라만상이 어우러져 다른 것으로 전화轉化하는 것이 우주 운행의 도리요 또 서정시의 본질일진데 그렇지 못하고 요즘 많이 쓰이고 있는 치기어리고 군내 나는 시들에 대한 경종으로 읽어도 좋을 시이다.

"세상에서 씹히기 싫어 산으로 간다.//(중략)// 청산에 오르면/ 씹힐 일이 없다.// 눌변으로 억지기도 하지 않아도 되고/ 돈이 없을 땐 헌금을 하지 않아도 된다.// 대학교수가 인색하다는 말/ 듣지 않아도 되고,/ 정년퇴직했다고 변명하지 않아도 된다.// 푸른 하늘과 하얀 구름/ 숲속의 새소리 물소리 바람소리/ 환장하게 아름다운 노을빛이/ 설교나 기도보다도 종교적이다.//(중략)// 졸졸졸 흐르는 시냇물소리는/ 꽃가지에 내리는 가랑비소리는/ 세상 돈 때가 묻지 않아서 좋고/ 씹고 씹히는 일이 없어서 좋다."(「산행山行 5」 부분).

산행이 좋은 이유를 밝힌 시이다. 시적 비유나 수식 없이 거의 직설적이다. 공자가 "나이 칠십이면 마음 내키는 대로 좇아도 법도를 넘어서지 않는다"고 했던가. 그냥 내키는 대로, 직설적으로 쓴 것 같아 사특함도 없고 군내도 나지 않는다.

청산에 오르면 씹힐 일도 없고 뭘 억지로 하지 않아도 좋다는 말이다. 세상 때 묻지 않은 시냇물소리 가랑비소리를 자연 그대로 들려주기 위해 꾸밈없는 소리를 내려 부러 직설적 화법을 택했을 것이다. 한세상 잘 살아낸 원로들의 이렇게 직설적인 시법이 되레 청량하게 더 많은 것을 깨우치고 있다.

"큰 산은 말이 없다.// 하안거夏安居와 동안거冬安居/ 눈을 감은 채/ 천리 밖 하늘로 안테나를 길게 빼고/ 면벽面壁 좌선坐禪하고 있다.// 숲속의 참나무에/ 딱따구리가 구멍을 뚫고/ 보금자리 치고 살아도,// 구렁이가 구멍 속에/ 똘을 틀고 헛바닥을 날름거려도/ 산은 일체 말이 없다."(「큰 산은」 부분).

말로 씹고 씹히는 세상을 면벽 좌선하는 듯한 큰 산이 묵언黙言으로 꾸짖고 있는 시이다. 묵직이 앉아 있는 산은 안거에 든 고승 같으면서도 능선의 나무들은 하늘로 길게 뽑은 안테나 같다. 물론 그 안테나에는 우주 운항의 도가 예민하게 감지될 것이다.

딱따구리, 구렁이가 보금자리, 똬리를 틀고 살 듯 산은 만물을 생장시키고도 아무 말이 없다. 그냥 그렇게 묵묵히 좌선하는 자세로 앉아있을 뿐이다. 안테나를 세우고 앉아있는 산의 자세를 시인의 시도 닮아가고 있다.

"새벽잠에서 깨어날 때/ 무의식의 늪에서 의식의 호수로/ 찰랑찰랑 남실남실 깨어날 때/ 일출日出처럼 환하게 솟아오르면서/ 다독거리면서 어루만지는/ 심장소리가 식물성으로 들려요.// 아내가 식칼로 무를 써는 소리/ 당근과 오이를 써는 소리/ 양파와 풋고추 써는 소리가 들려요."(「도마질 소리」 부분).

고승들이 면벽좌선으로 우주 운항의 도를 깨치듯 시인도 아내의 새벽 도마질 소리에서 문득 깨칠 것 같은 시이다. 무, 당근, 오이 등 야채를 써는 식물성 소리에서 문득 시인의 심장의 소리를 듣고 있는 것이다.

도를 깨친 고승들의 오도송悟道頌들은 동어반복처럼 지극히 단순하거나 아니면 파격적이어서 일상어로는 다가가기가 되레 힘든 경우가 많다.

그러나 일상어를 사용하는 시는 그런 언어도단言語道斷의 지경을 어떻게
든 구체적으로 보여주어야 한다.

보라. 새벽잠에서 깨어나 무의식에서 의식 단계로 올라오는 지경을
묘사한 부분을. 잠속, 꿈속의 무의식에서 떠오른 이미지들을 깨어나 말
로 옮겨보려 하면 가뭇없이 사라지는 그 이미지들을 일출처럼 환하게 솟
아오르게 하는 것을. 무의식과 의식의 경계를 "찰랑찰랑 남실남실"이란
의성어, 의태어로 단숨에 묘사해 내고 있지 않은가.

그러면서 그 지경의 심장소리를 아내의 도마질 소리라는 일상으로 그
대로 접목해가는 아주 자연스런 시쓰기를. 가위 공자가 말한 "종심소욕
불유구從心所欲不踰矩" 지경이 아닌가.

"캠브리지대 출신 영문학 교수가/ 향미다방에서 주문하고 있었다.//
'달걀에 소젖을 주세요.'/ '에그와 밀크도 몰라요?'// '에그와 밀크?'/ '달걀,
소젖이 뭐예요?'/ '그럼, 뭐라고 하니?'/ '에그와 밀크예요.'// '아가씨는 어
느 나라 사람이지?'/ '그야 한국 사람이지요.'// '대한민국 국민이 조선말
도 몰라?'/ '말이 밥 먹여주나요?'// '말이 밥 먹여 줘?'/ '말이 밥이 아니
라……'// 여종업원이 말의 길을 잃는 동안/ 봄도 아닌데,/ 벽시계에서 뻐
꾸기가 뻑뻑꾹 울었다."(「가벼움에 대하여」 전문).

영문학 교수와 다방 아가씨의 주문 대화를 있는 그대로 옮긴 시 같다. 얼
른 보기에는 치기 어리고, 외래어 남발에 대한 세태를 꼬집고 있는 시 같
으나 그것만은 아니다. 말의 본질에 대한 우화로도 읽힐 수 있는 시이다.

지칭하는 대상과 언어 사이의 끈을 놓아버려 더 이상 자신의 본체를

담아낼 수 없는 말에 대한 아주 자연스럽고 재미있는 우화가 위 시이다. 시인은 어떤 메시지도 전달하지 않고 자연스럽게 그 장면만을 묘사하고 있다. 그러면서 "말이 길을 잃은 동안"에 뻐꾸기 소리를 들려주고 있다. 말로서 표현해낼 수 없는 언어도단의 본질세계를 뻐꾸기 소리로 환기시키고 있는 것이다.

"봄날에/ 피정의 집 뒷산에서/ 뻐꾸기들이 음악회를 여는 가운데/ 나는 수녀님과 함께 봄 쑥을 캔다.// 수녀님은 다산의 시를 읊고/ 나는 단군할아버지를 설하고// 수녀님은 성모 마리아를 설하고/ 나는 녹두장군을 읊조리고// 새야 새야 파랑새야/ 쑥국 쑥국 쑥쑥꾹—// 곰 할머니가 잡수시고 거듭나신/ 이 산에서 쑥국/ 저 산에서 쑥국// 마늘 밭을 지나면서도/ 이 산 저 산 쑥쑥꾹—/ 봄 쑥이 소쿠리에 소복소복 쌓였다."(「쑥 캐기」 전문).

봄 산에서 시인과 수녀님과 쑥 캐기 장면을 산뜻하게 묘사한 시이다. 한 장면을 그대로 옮긴 시인데도 풍경보다는 시인과 수녀의 대화, 뻐꾸기 쑥국새소리가 장면을 압도하고 있는 시이다. 따로 따로 노는 대화마저도 뜻보다는 소리의 장면으로 보이는 시이다.

'피정'은 일상에서 벗어나 조용히 자신을 들여다보고 기도하는 것을 뜻하는 천주교 용어이다. 그런 피정이 위 시에서는 말의 뜻에서 벗어나 조용히 그 소리를 명상하고 있는 시로 보인다. 뜻과 문맥에서 풀려난 소리들을 아주 자연스레 들려주며 소리들로 이 산 저 산의 공간을 잇고 저 단군할아버지와 성모마리아와 지금 쑥국새 울음으로 시간도 잇고 있는 시이다. 시공과 삼라만상을 소리 하나로 이으며 서정적 유토피아를 산뜻하게 열고 있는 것이다.

◆ 구차한 현실 위에 세운 서정적 유토피아

"서귀포 바다가 바라보이는/ 청라언덕에서는/ 구리 손이 게와 아이들을 그리고 있었다./ 전쟁의 상처가 깊어/ 지치고 춥고 배고픈 이중섭 화가가/ 구리 손으로 해변 풍경을 그리고 있다.// 노는 곳이라는 유토遊土와/ 너와 내가 만난다는 피아彼我가 합하여/ 걷기 바람을 불러온 올레길/ 바닷가 마을 골목길에/ 예술의 옷을 입혔다.// 초라한 골목은/ 지붕 없는 미술관으로 바뀌고/ 이중섭이 게를 잡던 해변에서/ 유토피아를 그려본다." (「유토피아로遊土彼我路」 전문).

제주도 서귀포에 있는 이중섭 거리를 소재로 한 시이다. 6.25 전쟁 와중에 피난 와 가난하게 그림을 그렸던 허름한 집과 거리를 명소화해 '유토피아로'라 이름 붙여 제주 올레길 코스에 넣은 그 거리를 다시 한자로 풀어내 설명한 부분이 흥미롭다. '遊土彼我'라는 해석이 곧 시간과 공간이 일치되고 삼라만상이 일체가 된 서정시의 유토피아 아니겠는가.

평생 떨어져 지내야했던 일가족이 함께 한 채 일 년도 안 되는 제주 시절이 이중섭에게는 가장 행복한 시절이었을 것. 그래 새와 해와 게와 복숭아와 아이들이 발개 벗고 함께 어우러지는 유토피아, 행복한 그림들을 낳았을 것이다.

첫 연에서는 그런 이중섭을 회상하고 있다. 그러다 2연에서는 그런 이중섭과 시인은 피아와 시공을 뛰어넘어 한 몸이 되고 있다. 1연에서의 '있었다'라는 과거를 2연에서 '있다'라고 현재화하면서. 그리고 3연에서는 시공이 합쳐진 유토피아를 바닷가 마을 골목길 올레길로 현실적, 구체적으로 드러내고 있다.

마지막 연에서는 변할 수 없는 예술혼, 그 서정적 유토피아를 초라한 현실에서 다시 한 번 각인시키고 있다. 아무리 각박한 현실일지라도 그런 서정적 유토피아를 지향하는 예술이 있는 한 살만한 세상이고 삶은 그 끝 간 데 없는 깊이를 더할 것이 아니겠는가. 그런 서정적 시혼을 시인은 이번 시집에서 아주 자연스럽고 구체적으로 드러내고 있다.

"우리 죽어 살아요/ 떨어지진 말고 죽은 듯이 살아요/ 꽃샘바람에도 떨어지지 않는 꽃잎처럼/ 어지러운 세상에서 떨어지지 말아요.// 우리 곱게 곱게 익기로 해요/ 여름날의 모진 비바람을 견디어내고/ 금싸라기 가을볕에 단맛이 스미는/ 그런 성숙의 연륜대로 익기로 해요.// 우리 죽은 듯이 죽어 살아요/ 메주가 썩어서 장맛이 들고/ 떫은 감도 서리 맞은 뒤에 맛 들듯이/ 우리 고난 받은 뒤에 단맛을 익혀요/ 정겹고 꽃답게 인생을 익혀요.// 목이 시린 하늘 드높이/ 홍시로 익어 지내다가/ 새 소식 가지고 오시는 까치에게/ 쭈구렁바가지로 쪼아 먹히고/ 이듬해 새 봄에 속잎이 필 때/ 흙 속에 묻혔다가 싹이 나는 섭리/ 그렇게 물 흐르듯 순애殉愛하며 살아요."

시인의 대표작 중 한 편으로 꼽히는 「까치밥」 전문이다. 마지막 행 "그렇게 물 흐르듯 순애하며 살아요"라는 간절한 경어체 호소 때문일까. 시인의 좋은 시들을 보면 사춘기 시절 읽었던 박계주 소설 「순애보」이미지가 떠오르곤 했다. 남녀 간의 헌신적 사랑은 물론 세상 모든 사람과

사물들에 대한 박애주의에 젖어들던 그때 순정한 가슴이 뭉클하게 되살아나곤 했다.

지난 2007년 그간 펴낸 10권의 신작 시집을 모은 『황송문 시 전집』을 펴내며 시인은 머리글에서 "시는 종교요 반려자"라고 했다. 허황된 세상과 시단에서 시로 순정한 삶과 세상을 지켜오며 시와 그 시인의 삶이 올곧게 일치한다는 평을 받고 있는 사람이 황송문 시인이다.

그래서 일까. 앞 시집들에서는 올곧은 시인의 순정이 웅변처럼, 호소처럼 그 메시지가 우선인 것 같았는데 이번 시집에서는 시인의 순정이 삭고 썩어 문드러져 다른 것들과 그대로 섞여 발효된 맛을 내는 시편들이 많다. 메시지가 아니라 시 자체로서 자연스레 서정적 유토피아를 드러내고 있는 시편들이 많다.

"눈이 큰 아이가 따라오고 있었다.//(중략)// 나는 무심결에 뒤를 돌아보다가/ 아이의 큰 눈과 마주쳤다./ 나의 눈이 소년의 눈 호수에 빠져들고/ 소년의 눈이 내 가슴에 스며들었다.// 양심이라는 가시가/ 아프지 않게 찌르고 있었다./ 호수처럼 맑은 눈 속에/ 해맑은 마음이 보였다./ 금방 눈물방울이 뚝뚝 떨어질 것만 같은/ 하나님의 슬픈 눈 하늘이 보였다."

시 밑에 붙은 각주에 따르면 지난 봄 인도네시아 여행에서 만난 거지 소년을 소재로 한 시 「자화상」 한 부분이다. 그 소년의 눈에서 시인은 자신의 순수는 물론 우주의 도를 보아내고 있다. 소년과 시인이 눈과 가슴으로 하나가 되면서 이제는 아프지 않게, 양심의 메시지 날을 세우지도 않고 시로서 자연스레 보여주고 있는 것이다.

시인은 중국조선족 문학에도 애정을 가지고 끊임없이 연구, 교류하며 발표지면도 제공하고 있다. 계간지 『문학사계』를 10여 년 넘게 46호까지 펴내며 한국순수서정시 연구, 발표에 매진해오고 있다.

"소년의 눈과 마주치는 순간/ 섬광처럼 반짝이는 나의 유년에/ 그냥 지나칠 수 없었다."(「소년의 눈」 부분)와 같이 유년의 순수를 지키기 위해 외래의 시기법에 오염되지 않은 순수가 원형처럼 남아있는 중국조선족 시와 교류하고 순수서정시를 발표의 장을 마련하고 있는 것이다.

그러나 중국조선족 시나 순수 서정시하면 아무래도 촌티가 고리타분하게 묻어나는 선입견은 지울 수 없다. 황송문 시인의 이전의 순수 혹은 전통 서정시 또한 그런 인상을 완전히 떨치지는 못했다. 그러나 이번 시집에서는 시인의 체험, 일상의 한 부분을 자연스럽게 드러내는 것만으로도 시인은 이제 우리네 구차한 현실에서 서정적 유토피아를 보여주는 지경에 이른 것이다.

◆ 너무 타락했기에 곧이곧대로 터져 나오는 현실비판시

"멍든 빛깔의 하지감자는/ 엉골댁 욕쟁이 할머니,/ 쪼그라들면 쪼그라들수록/ 일본 순사 쏘아보는 눈빛이 산다.// 일제에 징용 간 남편은 소식이 없고/ 보쌈에 싸여가서 아들 하나 낳았다가/ 6.25 전장에 재가 되어 돌아온 후/ 걸쩍한 욕만 살아서 푸른 독을 뿜는다.// 멍든 하지감자는/ 껍질을 까기가 힘이 든다./ 사내놈들 보쌈에 싸여 가는 동안/ 은장도를 가슴에 품은 채 벼르고 벼르던/ 그 날선 빛깔이 눈물이 되고 욕설이 되어/ 독을 품은 씨눈에서 은장도가 번득인다."(「하지감자」 전문).

프롤로그로 올려 살편 시「가지나물」같이 현실비판의식이 은장도처럼 날을 세우고 있는 시이다. 굶주린 배로 보릿고개를 넘기고 하지 무렵에 캐서 먹는다하여 하지감자이다. 예전의 시인의 서정시 같았으면 그 토속적 생김새나 빛깔에서 순박한, 혹은 한 서린 조선 정서가 우러났을 텐데 이제는 아니다.

일제에서 6.25로 이어진 역사의 질곡을 살아낸 욕쟁이 할머니에 하지감자는 비유되고 있다. 이번 시집에서는 이렇게 날선 시인의 현실비판의식이 곳곳에서 독기를 뿜고 있다.

"창경궁 문지기는 거인이었다./ 밥만 축내고, 세금만 축내면서/ 법을 빼어 닮은 허수아비였다.//(중략)// 법을 만드는 선량들이나/ 법을 주무르는 관료들이나/ 까마귀들 허수아비 머리끝에 앉아서/ 파먹은 주둥이로 쏘아대고 비벼대고/ 속임을 당하는 눈물의 왕,/ 백성들을 우롱하고 있었다."(「법法」 부분).

예전 창경궁이 동물원이며 놀이공원인 창경원 시절엔 문지기로 거인이 있었다. 거대한 체구가 서있는 것만으로도 위엄이 되어 표 없이 무상 입장 하는 것을 막았고 어린애들한테는 광대나 허수아비 같은 좋은 볼거리가 돼주었던 기억이 난다.

위 시「법」은 그 시절 그런 거인을 내세워 법을 만들고 주무르는 사람들을 비판하고 있다. 백성들을 위한 법이 아니라 백성들을 속이는, '파먹고, 쑤셔대고, 비벼대고'하는 그들만을 위한 법임을 폭로하고 있다. "선거 때만 되면/ 밥상은 진수성찬인데,/ 언제나 썩는 냄새가 난다.// 간장이 없는 밥상에/ 빠지지 않은 반찬은 부정부패와 불법, 무능과 복지가 단골이다."(「밥상」 부분)라며 썩은 정치판을 있는 그대로 폭로하고 있다.

"행주로 제상을 훔치듯/ 철새 떼가 하늘을 닦으며 간다.//(중략)// 세상을 어질러놓고도/ 청소할 줄 모르는 국회,/ 법을 만드는 사람들과/ 법을 다스린다는 사람들과/ 그것을 감시한다는 사람들이/ 똥을 싸고도 닦을 줄 모르는 삼권…// 철새 떼가 하늘을 닦으면서/ 한 마리도 실족하는 일이 없는데/ 인간세상은 급격하게 타락하는 중이라네."(「설거지」 부분).

한철 잘 지내고 또 다른 거처를 찾아 날아가는 철새 무리를 보며 지은 시이다. 그런 철새 떼의 비행을 시인은 하늘을 청소하는 것으로 보고 있다. 썩은 냄새 진동하도록 해쳐먹고도 설거지 할 염치마저도 내지 않는, 해서 삼권분립에서 분립이란 말도 내세우기 힘들어 말줄임표로 처리할 정도로 타락한 지도층의 그 더러움이 철새들이 나는 것을 설거지로 보게 한 것일 터이다. 좌든 우든, 진보든 보수든 과거의 이념 성향을 떠나 이토록 타락한 세상이 자연스레 현실비판의 시로 터져 나오게 한 것이다.

"살을 파먹은 아이들이/ 가벼워진 어미 껍질을 동동 띄워 보낸다.// 구름 위로 비행기태우기도 하고/ 물밑으로 수장시키기도 하면서…….// 자기들을/ 어떻게 키웠는데……// 군사부일체君師父一體라는데,/ 하늘 높은 줄 모르고/ 끼리끼리 노닥거리며 손뼉을 쳐댄다.// 다방에서도 식당에서도/ 끼리끼리 만나기만 하면/ 살을 파먹은 아이들이/ 가벼워진 어미 껍질을 동동동 띄운다.”(「우렁이 설화」 전문).

어릴 적 나도 우렁이를 잡아 모닥불에 구워먹고 껍질을 냇물에 띄워 보내기도 하고 그냥 구름 속으로 멀리 던지기도 한 것 같다. 빈 껍질로 고둥피리소리도 내보았던가. 추억의 정화작용으로 설화나 전설처럼 미화되어야 할 그런 유년의 기억들이 시인에게는 왜 제 어미 살을 파먹는 살모사 같이 보이는 것인가. 그러기에는 지금 우리 현실이 너무 핍박하기 때문이다.

군사부일체라는 우리네 전통윤리, 아니 그 너머 더 본질적인 삶이며 우주운항의 도가 여지없이 깨져가는 세태 때문에 「우렁이 설화」가 나올 수밖에 없었을 것이다. 타락한 현실과 세태가 시인을 한없이 맑고 순수한 서정에 안주하지 못하게 하고 지금 이곳의 현실의 장을 솔직 담박하게 비판하게 한 것이다. 이런 현실의식이 이번 시집에서는 기존의 서정적 시세계를 환골탈태 하게 해 긴장감을 더하고 있는 것이다.

◆ 현실비판과 서정을 융합한 현실적 서정시

“게처럼 횡보橫步만 궁리하는/ 국회의사당에 눈 흘기는 사람들이/ 울긋불긋 구름떼로 몰려와서/ 꿀벌처럼 닝닝닝 넋을 놓고 바라본다.// 청운 꿈, 뭉게뭉게 바라보듯이/ 3.1만세 함성을 바라보듯이/ 화사한 꽃구름을 정신없이 바라본다.// 그러면서 하는 말이/ ‘죽을 때는 저렇게/ 아름답게 진다면 월매나 좋을까/ 저렇게 양광陽光 다 독차지하고/ 떠날 때는 조용하게 지니 월매나 좋을까.'/ 하고, 아찔한 현기증 가열시킨다.// 떠날 때는 화사한 꽃잎 흩뿌리면서/ 짧고 굵게 살다 가면 월매나 좋을까.// 옆으로 실실 기는 게 꼴 볼 것 없이/ 꿀벌들 넘나드는 순결한 정사,/ 씨방 남기고 지는 꽃잎들의 세상은/ 이승 저승 윙윙윙 월매나 좋을까."(「윤중로 벚꽃」 전문).

여의도 윤중로에 흐드러지게 핀 벚꽃 구경을 소재로 한 시이다. 꿀벌 잉잉거리며 화사하게 피고 흩날리는 꽃 세상에 서정적으로 온전하게 동화되지 못하고 시국을 걱정하는 시인의 시선이 안쓰럽다. 구경꾼들도 온전히 꽃구경은 못하고 게처럼 옆으로만 가는 국회의사당에 눈을 흘기고 있다하니.

「윤중로 벚꽃」에는 서정과 현실의식이 매 행, 매 연마다 씨줄 날줄로 직조돼있다. 1연에서는 국회의사당에 눈 흘기는 것과 꽃을 넋 놓고 바라보는 것으로 분명한 대조를 보이다 2연에서는 화사한 꽃구름 같이 만개한 벚꽃을 단박에 3.1만세 함성이란 공감각으로 묘사하며 서정과 현실의식을 일치시키고 있다.

그러다 3, 4연에서는 양지바른 곳에서 아름답게 피어났다 아름답게 지는 낙화에 "짧고 굵게 살다 가면 월매나 좋을까"라며 시인의 소망을 담고 있다. 그 소망에는 그렇지 못하고 더럽게 지는 국회의원 등 지도층들에 대한 질타도 물론 담겨있다.

그러다 마지막 연 끝 3행에 와서는 현실과 이상, 이승과 저승 넘나드는 순연한 서정의 절창이면서도 "월매나 좋을까"라며 우리 사회 역시 그런 서정적 유토피아가 이뤄지길 희원하고 있다. 가 닿을 수 없는 유토피아를 꿈꾸는 서정이 아니라 이제 우리 오늘의 현실까지 든든히 품고 있는 현실적 서정시세계로 나가고 있다는 것이다.

이번 시집을 읽으며, 특히 「윤중로 벚꽃」을 보며 로버트 프로스트의 「눈 내리는 저녁 숲가에 서서」가 떠올랐다. "숲은 어둡고 깊고 아름답다./ 그러나 나는 지켜야 할 약속이 있다./ 잠들기 전에 몇 십리를 더 가야 한다./ 잠들기 전에 몇 십리를 더 가야 한다."라는 마지막 구절이.

눈 내리는 저녁 숲가에 서서 자연의 풍광과 숨소리에 서정적으로 어우러지고 싶으나 '지켜야할 약속이 있다'며 끝내 지켜야할 책임을 다하는 자세. 지켜야할 것을 끝내 지켜내는 자세가 현실의식과 서정이 융합된 황송문 시인의 이번 시집에서 읽혔다.

"세월은 바야흐로 컴퓨터가 들어와/ 워드프로세서로 글을 쓰게 되었다./ 그러나, 그러나 세상은 아무리 변해도/ 조강지처를 버릴 수는 없다.// 전당포 먼지처럼/ 해묵은 만년필을 찾아내고/ 남대문 수입물품 상가를 찾았다./ 몽블랑 스페어 잉크를 찾았으나/ 하늘색 잉크가 보이지 않았다.// 어두운 세상 같은/ 검은 잉크를 사서 들고/ 지하도 층계를 내려가고 있었다."(「몽블랑 스페어 잉크」 부분).

만년필 잉크를 사러간 시인의 일상을 가감 없이 그린 이 시 참 쓸쓸하다. 그러면서도 지켜야할 것을 지켜내려는 의지가 결연하다. 나도 청운의 꿈이 있던 시절에는 하늘색 잉크를 좋아했다. 이 어두운 세상, 칠순이 넘은 나이에도 여전히 하늘색 잉크를 찾는 시인의 순수가 부럽다. 그 순수에 '어두운 세상'의 그림자를 드리우는 우리네 현실이 안타깝고 그것까지 담아내는 시인의 서정적 현실의식이 놀랍다.

"세상 번뇌가 먼지를 먹고 거듭난 끝에/ 바위의 기지개가 미소 꽃을 피웠네.// 아무리 어두운 흑암지옥에서도/ 아무리 숨 막히는 무간지옥에서도/ 빙그레 미소하는 대자대비의 꽃/ 노을 한 자락 스치는 미소의 극락"(「돈황敦惶의 미소」 부분).

둔황 석굴 속 부처의 미소를 번뇌와 먼지가 전화轉化한 것으로 보고 있다. 그 미소로 바위도 기지개를 켜며 꽃으로 되살아나는 도저한 윤회, 우주운항의 도를 담고 있는 시이다. 그러면서도 동굴 속 '흑암지옥', '무간지옥' 같은 현실의식도 담아내고 있다.

한세상 잘 살아내고 이제 마음 내키는 대로, 솔직 담박하게 써도 도에 어긋나지 않는 지경에 이르러 예전의 순수, 전통 서정세계에서 이제 현실적 서정세계로 들어서고 있는 것이다. 날이 갈수록 건강하고 긴장되고 깊어진 시로 서정의 새 지평 계속 더 열어나가시길 빈다.

하지감자 날선 빛깔

| **초판 1쇄 인쇄일** | 2013년 7월 9일 |
| **초판 1쇄 발행일** | 2013년 7월 12일 |

엮은이	황송문
펴낸이	정진이
편집이사	박지연
책임편집	윤지영
편집/디자인	이하나 정유진 신수빈 이가람
마케팅	정찬용 권준기
영업관리	심소영 김소연 차용원
인쇄처	월드문화사
펴낸곳	새미

등록일 2006 11 02 제2007-12호
서울시 강동구 성내동 447-11 현영빌딩 2층
Tel 442-4623 Fax 442-4625
www.kookhak.co.kr
kookhak2001@hanmail.net

| ISBN | 978-89-5628-625-9 *03800 |
| 가격 | 13,000원 |

* 저자와의 협의하에 인지는 생략합니다.
새미는 국학자료원의 자회사입니다.
잘못된 책은 구입하신 곳에서 교환하여 드립니다.